Jan Beinßen, Jahrgang 1965, lebt in Franken und hat zahlreiche Kriminalromane veröffentlicht. Bei ars vivendi erschienen neben seinen Paul-Flemming-Krimis u. a. auch der historische Kriminalroman *Görings Plan* (2014) sowie die Kurzkrimibände *Die toten Augen von Nürnberg* (2014) und *Tod auf Fränkisch* (2017).

JAN BEINSSEN

SECHS AUF KRAUT

Paul Flemmings zehnter Fall

Kriminalroman

ars vivendi

Originalausgabe

1. Auflage September 2015
2. Auflage November 2015
3. Auflage August 2020
© 2015 by ars vivendi verlag
GmbH & Co. KG, Bauhof 1,
90556 Cadolzburg
Alle Rechte vorbehalten
www.arsvivendi.com

Umschlaggestaltung: FYFF, Nürnberg
Motivauswahl: ars vivendi verlag
Foto: © mauritius images / foodcollection
Druck: CPI books GmbH, Leck
Gedruckt auf holzfreiem Werkdruckpapier
der Papierfabrik Arctic Paper

Printed in Germany

ISBN 978-3-86913-577-9

SECHS AUF KRAUT

»*Heute brauchen wir nicht still zu sein. Einigermaßen anständig zu bleiben ist nicht gefährlich.*«
Hermann Glaser

1

Paul Flemming hatte es eilig, sein Atelier abzusperren. Seinen Mantel zog er sich über, während er schon die Treppenstufen hinunterrannte. Als er auf die Straße trat, bekam er die ersten Vorboten des Herbstes zu spüren: Böen rissen trockene Zweige ab und ließen sie über das Kopfsteinpflaster tanzen. Die Baumkronen rauschten, durch die Giebel pfiff der Wind. Paul hielt seinen Kragen zusammen, lief über den Weinmarkt und warf dabei einen Blick auf seine Armbanduhr.

Eigentlich hätte er schon vor einer halben Stunde daheim sein sollen. Denn Katinka und er erwarteten Gäste: Hannah wollte heute ihren neuen Freund vorstellen. Diesmal was Ernstes – angeblich. An der Zeit wäre es ja, dachte Paul, denn sie war jetzt Mitte zwanzig und hatte bisher nur ein paar flüchtige Affären vorzuweisen. Manchmal argwöhnte Paul, dass seine leichtlebige und sehr unstete Stieftochter nicht bindungsfähig war. Aber das könnte sich ja jetzt ändern. Paul war gespannt auf den Neuen, von dem er bisher nur wusste, dass er Alexander Winterkorn hieß, als Krankenhausarzt arbeitete und ein ganzes Stück älter war als Hannah.

Es gab also Grund genug, auf kürzestem Weg nach Hause zu gehen. Doch das konnte er nicht: Paul war seinem Freund Jan-Patrick einen Gefallen schuldig. Er hatte dem Wirt des *Goldenen Ritters* zugesagt, sich eine Immobilie anzusehen. Es ging um einen leer stehenden Altbau, den Jan-Patrick erworben hatte, weil er sich in den Kopf gesetzt hatte, nun auch als Hotelier groß einsteigen zu müssen, und die bescheidenen Gästezimmer im *Goldenen*

Ritter dafür nicht ausreichen. Das Haus in der benachbarten Lammsgasse hatte er für einen Appel und ein Ei bekommen, weil es als stark sanierungsbedürftig galt und jeder andere Investor mit einem Funken Verstand die Umbaukosten scheute. Auch Paul fand es gewagt, ja verrückt, was Jan-Patrick sich vornahm, wollte das Gebäude aber wenigstens mal in Augenschein nehmen. Also bog er ab und ging den Burgberg hinauf statt hinunter.

Als er die schmale Straße mit ihren eng aneinandergereihten Wohn- und Geschäftshäusern erreichte, musste er sich zunächst orientieren, um die richtige Hausnummer zu finden. Er blieb abrupt stehen und brachte damit einen älteren Herrn aus dem Konzept, den Paul kurz zuvor überholt hatte und der nun beinahe auf ihn aufgelaufen wäre. Paul entschuldigte sich bei dem Mann, dessen faltiges Gesicht auf ein Alter jenseits der Achtzig schließen ließ, dessen formelle Kleidung inklusive Hut und Aktentasche indes den Eindruck erweckte, als würde er gerade von der Arbeit in einem Büro kommen. Kopfschüttelnd ging der Senior weiter in Richtung des Gebäudes, das Paul inzwischen als Jan-Patricks Neuerwerb identifiziert hatte.

Es handelte sich um ein fünfstöckiges, spitzgiebliges Wohnhaus mit lachsrosa Sandsteinfront. An sich ein durchaus respektables Überbleibsel des Altbestandes, der den Bombenhagel des Zweiten Weltkriegs überstanden hatte. Dennoch sah man dem Haus die Jahrhunderte an, die es auf dem Buckel hatte, und man musste kein Fachmann sein, um die witterungsbedingten Schäden an der Fassade zu erkennen.

Paul betrachtete den zugenagelten Eingangsbereich und ließ seinen Blick höher wandern, als er auf einen ungesicherten Fensterladen aufmerksam wurde, den der Wind auf- und zuschlug. Direkt darunter schien der Sturm Staub und kleine Steinchen aus dem bröckelnden Sims zu treiben, und Paul sah mit gewisser Sorge, wie Steinbrösel herunterrieselten – direkt auf den Gehsteig, auf dem der alte Herr nur langsam vorankam.

Die nächste Böe fiel besonders kräftig aus. Wieder klapperte der Fensterladen. Und dann geschah es: Paul war einen Moment wie erstarrt, als er sah, dass sich einer der Fensterläden aus dem Scharnier löste, nach vorn kippte und nur noch in einer Angel hing.

Ihm schoss der Schreck durch alle Glieder. Jeden Augenblick könnte der Fensterladen abstürzen – und direkt darunter trottete gemächlich der nichts ahnende Senior! Paul handelte intuitiv und spurtete los: Im Nu hatte er den Rentner erreicht, packte ihn an den Schultern und schubste ihn aus der Gefahrenzone. Der Alte erschrak heftig, kam ins Stolpern und fiel beinahe hin. Keine zwei Sekunden später schlug der Fensterladen mit einem dumpfen Krachen auf dem Pflaster auf und zerbarst.

Ein Schwarm Spatzen suchte aufgeregt zwitschernd das Weite. Eine Passantin, die alles mit angesehen hatte, blieb mit besorgter Miene stehen, ging dann aber weiter, als sie merkte, dass Paul und der ältere Herr unversehrt waren.

Der Rentner, der sich Halt suchend an die nächste Hauswand lehnte, brauchte Zeit, um zu begreifen, was vorgefallen war. Mit schreckgeweiteten Augen starrte er zunächst auf die Holzsplitter, um danach Paul angsterfüllt anzusehen. Seine wässrigen blauen Augen flimmerten, als er sagte: »Meine Güte. So ein großes Stück ...« Er schnappte nach Luft. »Was da alles hätte passieren können ... Gar nicht auszudenken!«

»Sie hatten Glück im Unglück«, sagte Paul, dem das Herz ebenfalls noch bis zum Hals schlug. Die Sache war verdammt knapp gewesen.

»Wie konnte das denn geschehen?«, fragte der Mann aufgewühlt.

Paul bückte sich nach einem Trümmerstück und betrachtete das morsche Holz. »Der kräftige Wind ...«, setzte er zu einer Erklärung an.

»Ich hätte tot sein können«, erkannte der Senior die ganze Tragweite der Situation. Nur sehr zögerlich löste er sich von der Wand und streckte Paul die Hand entgegen. »Ich bin Ihnen zu Dank verpflichtet, junger Mann.«

Paul schlug ein, nur um seine Heldentat sogleich herunterzuspielen: »Sie an meiner Stelle hätten das Gleiche getan und mich gewarnt. Und schauen Sie mal: Das Holz war ja schon ganz morsch.« Letzteres sagte er, um seinen Freund Jan-Patrick in Schutz zu nehmen. Gewissermaßen vorbeugend, falls der Herr auf die Idee kommen sollte, Anzeige zu erstatten.

»Es hätte gereicht, um mich zu erschlagen«, sah es der Rentner realistisch.

Darauf fiel Paul nichts Besseres ein, als ihn auf andere Gedanken zu bringen. Er fragte: »Sind Sie auf dem Weg nach Hause? Darf ich Sie ein Stück begleiten?«

»Nein, danke sehr, das ist nicht nötig«, antwortete sein Gegenüber und strich sich den Mantel glatt. Seine Aufregung schien sich allmählich zu legen, denn deutlich ruhiger und selbstbewusst erklärte er nun: »Ich bin unterwegs zu meinem Stammtisch. Immer dienstags treffen wir uns im *Goldenen Ritter*.«

»Ach ja?«, fragte Paul, den diese Auskunft nicht gerade begeisterte.

»Ja, und jedes Mal nehme ich denselben Weg. Seit etlichen Jahren.« Nach einem Blick die Fassade hinauf fügte er hinzu: »Ich kann Ihnen sagen: So etwas ist mir noch nie passiert.« Er räusperte sich, streckte seinen Rücken durch und sagte mit vorgestrecktem Kinn: »Ich habe mich noch gar nicht mit Ihnen bekannt gemacht. Polster ist mein Name.« Da er vor Paul offenbar keinesfalls den Eindruck eines hilflosen Rentners hinterlassen wollte, nannte er auch seinen Beruf – seinen ehemaligen Beruf: »Justizvollzugsbeamter a. D.«

Paul zuckte zusammen. Musste es ausgerechnet jemand aus dem Justizwesen sein? Die Chancen, dass ein Mann wie Polster Klage gegen Jan-Patrick einreichen würde, schienen gerade stark zu steigen.

Auch Paul stellte sich vor und versuchte abermals, den Vorfall herunterzuspielen. Außerdem bestand er darauf, Polster auf dem Weg zum *Goldenen Ritter* nicht von der Seite zu weichen, was sich als Segen erwies. Denn wie befürchtet, legte der ehemalige Gefängniswärter wenig später los:

»Ich wüsste zu gern, wem dieser alte Kasten gehört. Ob sich der Besitzer seiner Verpflichtungen bewusst ist? Ich glaube kaum. Man muss ihm eine Lektion erteilen, um zu verhindern, dass andere in Gefahr geraten.«

»Wenn Sie wollen, höre ich mich gern für Sie um«, sagte Paul eilig. »Ich erledige das. Überhaupt kein Problem.«

Die Dankbarkeit, die bis eben die Züge von Polsters Gesicht geprägt hatte, wich dem Argwohn: »Nein«, sagte er scharf. »Noch kann ich meine Angelegenheiten selbst regeln.« Er lüpfte seinen Hut und ließ Paul stehen, noch ehe sie die Irrerstraße mit dem Lokal erreicht hatten.

Paul schnaufte tief durch und beeilte sich, eine Abkürzung zu nehmen, um vor Polster im *Goldenen Ritter* zu sein. Keine zwei Minuten später betrat er das Gasthaus mit seinem altstadttypischen Chörlein und den im charakteristischen Blau lackierten Eisensäulen, die die Tür flankierten. Paul ließ die mit viel Eis gekühlte Frischfischtheke im Eingangsbereich links liegen und ging zielstrebig durch den urigen, gemütlichen Gastraum. Dahinter, in der Küche, vermutete er den Hausherrn.

Und tatsächlich stand Jan-Patrick in weißer Kochjacke und der dazugehörigen Mütze vor einem seiner Herde. Mit einer Maxiausgabe eines Kochlöffels rührte er in einem großen, mattsilbernen Topf.

»Alarmstufe Rot!«, rief Paul, kaum dass er hereingerauscht war. »Du bist in Schwierigkeiten! In großen Schwierigkeiten!«

Jan-Patrick ließ vor Schreck den Löffel fallen. Er sah Paul mit einem Blick an, der sich zwischen Sorge und Überraschung nicht festlegen wollte.

»Ich sage nur: Lammsgasse!«, machte Paul es kurz.

»Oje, ist wieder ein Teil der Regenrinne runtergekommen?«

»Nein, ein kompletter Fensterladen! Beinahe wäre jemand erschlagen worden. Und das ist nicht alles.«

Jan-Patrick senkte den Kopf und stützte sich am Herd ab. »Dieses Haus bringt mir nichts als Ärger. Hätte ich bloß die Finger davon gelassen.« Bang sah er Paul an. »Sag schon: Was ist noch passiert?«

»Derjenige, dem das Holz um Haaresbreite am Scheitel vorbeigerauscht ist, zählt zu deinen Stammgästen: Polster heißt er, ein ehemaliger Justizvollzugsbeamter, und wie es aussieht ganz die alte Schule. Er hat anklingen lassen, dass er den Besitzer der Immobilie vor Gericht bringen will.«

Obwohl Jan-Patrick ganzjährig über die gesunde Hautfarbe eines Südeuropäers verfügte, sah er mit einem Male sehr blass aus: »Weiß er schon ...«

»Nein«, führte Paul seinen Gedanken aus. »Aber es ist nur eine Frage der Zeit, bis er dahinterkommt. Ich an deiner Stelle würde als Erstes deine Hotelruine so schnell wie möglich absichern und am besten auch den Bürgersteig davor sperren lassen. Und anschließend solltest du dir eine Art Wiedergutmachung einfallen lassen. Du musst Polster milde und gnädig stimmen. Verwöhne ihn mit einem besonders guten Essen, schenk ihm den besten Wein aus deinem Keller ein und beichte ihm dabei, dass du der Übeltäter bist, aber alles wieder ins Reine bringen wirst.«

Jan-Patrick nahm Pauls Ratschläge dankbar an und sicherte zu, sich so bald wie möglich um das Lammsgassenhaus zu kümmern. Auch wolle er mit Polster sprechen, allerdings nicht im Kreise von dessen Stammtischbrüdern, sondern bei nächster Gelegenheit dezent am Rande.

»Was ist das eigentlich für eine Runde?«, erkundigte sich Paul und schob den Vorhang leicht beiseite, der die Küche vom Gastraum trennte. Ganz hinten im Restaurant, gut abgeschirmt durch dunkle Holzbalken und Querstreben, machte er zwei grauhaarige Männer an einem großen, runden Tisch aus, die sich über ansehnliche Portionen Rostbratwurst mit Kraut hermachten und sich dabei immer wieder aus einem bauchigen Porzellantöpfchen mit Kren bedienten. Unter ihnen schien Einigkeit darüber zu bestehen, dass original Nürnberger mit Meerrettich besser schmeckten als mit Senf.

»Sehr treue Kunden«, erklärte Jan-Patrick. »Vier ehemalige Arbeitskollegen im weitesten Sinne, alle aus dem Justiz- und Polizeidienst. Neben Polster ist ein Polizeioberwachtmeister darunter, ein früherer Gerichtsdiener und auch ein ehemaliger Stadtrat, der sich dem Thema Sicherheit verschrieben hatte. Natürlich CSU-Mitglied, wie es sich gehört.«

»Vier? Ich sehe aber nur zwei.«

»Die anderen kreuzen gewiss auch noch auf. Schon früher, als sie noch im Dienst waren, kamen sie hin und wieder vorbei. Seit sie in Rente sind, treffen sie sich hier regelmäßig dienstagabends. Die haben Sitzfleisch und bleiben zwei, manchmal drei Stunden. Sehr verlässliche Umsatzbringer, denn sie bestellen jedes Mal Sechs auf Kraut und nicht wenige Seidla dazu.«

»Und was machen sie, außer Würstchen zu essen und Bier zu trinken?«

»Karteln«, antwortete Jan-Patrick schmunzelnd. »Sind alles Spielernaturen. Zocken, was das Zeug hält. Schafkopf, Skat, Rommé. Langweilig wird denen jedenfalls nicht.« Ihm schien etwas eingefallen zu sein, denn plötzlich verschwand er im kleinen Büroraum, der sich an die Küche anschloss. Kurz darauf kehrte der Wirt mit einem gerahmten Bild zurück, dessen Glas gesprungen war.

»Schau, hier«, sagte Jan-Patrick und hielt Paul das Bild vor die Nase. »Das ist die ganze Truppe. Das Foto hängt sonst überm Stammtisch, aber Marlen hat es beim Staubwischen von der Wand gerissen.«

Paul betrachtete die abgebildeten Männer: allesamt durch und durch seriös, förmlich bis bieder gekleidet, die Haare ordentlich frisiert. »Da waren sie aber um einiges jünger«, merkte er an.

»Das Bild stammt aus den Achtzigerjahren. Das war noch zu Zeiten meines Vorgängers.«

Paul sah genauer hin: »Ich zähle fünf Stammtischbrüder, du hast bloß vier erwähnt ...«

Jan-Patrick hob bedauernd die Schultern. »Karl Kraus, ein Polizeikommissar a. D., ist erst vor Kurzem verstorben.«

»Altersschwäche?«, tippte Paul.

»Treppensturz«, korrigierte Jan-Patrick. »Er ist vor seiner eigenen Haustür ausgerutscht und hat sich das Genick gebrochen. Ich war bei seiner Beerdigung, wie auch der ganze Stammtisch.«

»Wie alt ist er denn geworden?«

»Dreiundachtzig. Aber er machte bis zuletzt einen topfitten Eindruck. Da wäre noch was gegangen.«

»Tja ...«

Jan-Patrick versuchte Paul zu einem Imbiss zu überreden. Angesichts der fortgeschrittenen Zeit lehnte dieser jedoch ab, denn zu Hause wartete man ja längst auf ihn.

»Nicht wenigstens ein kleines Krensüppchen, angereichert mit hauchfeinen Bratwurstscheibchen? Ein leichtes Mahl. Da kannst du daheim immer noch mit deiner Familie essen.«

Paul ließ sich verführen und genoss die formidable Suppe gleich in der Küche. Dazu leerte er zwei Gläser vom »Wein der Woche«, einer fruchtigen Scheurebe von Jan-Patricks Stammwinzer in Volkach.

Viel zu spät, aber gut aufgelegt trudelte er in Kleinweidenmühle ein. Im geräumigen Wohn- und Esszimmer ihrer gemeinsamen Wohnung wartete seine Frau bereits auf ihn – nicht aber Hannah und ihr neuer Freund Alexander.

»Wo stecken die beiden?«, fragte Paul mit Blick auf die geleerten Sektgläser, die auf dem Tisch standen.

Katinka sah ihn enttäuscht und vorwurfsvoll an. »Vor einer halben Stunde sind sie gegangen. Hatten keine Lust, länger auf dich zu warten, was ich ihnen nicht verübeln kann.« Sie stieß einen tiefen Seufzer aus. »Wirklich schade, Paul, dass du nie pünktlich sein kannst. Selbst dann nicht, wenn es um die Zukunft deiner Stieftochter geht.«

»Taugt er denn was, dieser Alexander?«, fragte Paul, ohne auf Katinkas Vorwürfe einzugehen. »Ist das nicht bloß wieder eine flüchtige Affäre, wie so oft? Ich meine: Der Typ ist Mitte dreißig und voll im Berufsleben, ein gestandener Mann also. Dagegen unsere kleine Hannah …«

»Sie ist sechsundzwanzig, Paul«, unterbrach ihn Katinka. »Ich halte diesen Altersunterschied nicht gerade für problematisch. Und um deine Frage zu beantworten: Ich glaube, diese Beziehung ist etwas Ernstes. Alex ist äußerst sympathisch und macht einen sehr verlässlichen Eindruck. Und Hannah ist bis über beide Ohren verliebt.«

Paul hielt an seinen Vorbehalten fest: »Du sprichst von einem verlässlichen Eindruck? Ich dachte, er ist Arzt? Stehen bei einem gut aussehenden Doktor nicht die Krankenschwestern Schlange?«

»Du und deine Vorurteile!«

Später am Abend saßen sie auf ihrem Sofa. Katinka beschäftigte sich mit ihrem Pad, während Paul mehr oder weniger ziellos durchs Fernsehprogramm switchte – eine günstige Gelegenheit für ihn, von seinem Erlebnis in der Lammsgasse zu berichten. Als Katinka vom früheren Beruf Polsters erfuhr, zuckte sie zusammen und legte den Tabletcomputer beiseite.

»Herrje! Musste es ausgerechnet ein Justizvollzugsbeamter sein?«, fragte sie. »Armer Jan-Patrick: Dem blüht richtig großer Ärger. Gerade die niedrigen Dienstränge können mitunter harte Hunde sein. Wenn dieser Polster unserem Jan-Patrick etwas ans Bein binden will, bekommt er bestimmt Unterstützung von ehemaligen Kollegen. Wer weiß, vielleicht hat er sogar Kontakt zu einem Staatsanwalt.«

Paul berichtete auch von der Stammtischrunde, der Polster angehörte und die wöchentlich im *Goldenen Ritter* zusammenkam. Katinka konnte sich sofort ein Bild machen:

»Solche Runden sind gefährlich. Es gab auch mal einen Stammtisch, der aus Richtern, Polizeidirektoren und Staatssekretären bestand. Da wurde gemunkelt, dass viele Urteile nicht im Oberlandesgericht, sondern im *Goldenen Ritter* gefällt worden sein sollen.«

»Nun, inzwischen sind das einfach alte Männer, die sich Jan-Patricks Bratwürste schmecken lassen und die Zeit mit Kartenspielen totschlagen. Einer ist sogar schon gestorben.«

Katinka hob den Zeigefinger: »Diese Männer mögen Greise sein, doch man darf sie nicht unterschätzen. Sie hatten und haben ziemlich sicher noch gute Verbindungen. Jan-Patrick sollte sich warm anziehen.«

2

Am folgenden Abend war Paul verabredet. Er war einen Tauschhandel mit Jan-Patrick eingegangen. Gegen ein mehrgängiges Essen im *Goldenen Ritter* hatte er sich dazu bereit erklärt, gemeinsam mit Jan-Patrick die Bruchbude in der Lammsgasse von innen zu inspizieren. Er sollte untersuchen, wo genau sich der Fensterladen gelöst hatte, sodass der Wirt möglichst bald die entsprechenden Handwerksarbeiten anweisen konnte.

Paul brauchte für die Strecke fünf Minuten länger als geplant, denn als er in Richtung Lammsgasse strebte, kreuzte Hannah seinen Weg. Dicht an ihrer Seite befand sich ein groß gewachsener, schlanker Kerl mit sehnigen Oberarmen, schwarzem, gelocktem Haar und lebendigen, dunklen Augen. Ein Ebenbild von Orlando Bloom, dem Star von Piraten- und anderen Hollywoodfilmen, ging es Paul durch den Kopf, dem wiederum eine gewisse Ähnlichkeit zum gealterten George Clooney nachgesagt wurde. Sollte das hier ein Treffen der Doubles werden?

Paul unterzog Hannahs Begleiter einem sekundenkurzen Check und versuchte aus Haltung und Blick Rückschlüsse auf dessen Charakter zu ziehen. Dabei konnte er trotz seiner Vorbehalte nicht umhin, sympathische Züge im Gesicht des Arztes zu entdecken. Auch die Art, wie er seinen Arm um Hannahs Taille legte, sprach für sich: lässig und leicht statt besitzergreifend.

»So spät noch unterwegs?«, fragte Hannah und drückte ihrem Orlando demonstrativ ein Küsschen auf die Wange. Dazu musste sich die nicht eben klein gewachsene Hannah auf die Zehenspitzen stellen.

»So spät ist es doch noch gar nicht«, meinte Paul. »Es wird halt nur etwas früher dunkel im Herbst.«

Hannah lächelte ihn schief an und sagte: »Tja, jetzt lernt ihr euch eben auf der Straße kennen. Paul, das ist Alex. Alex, das ist Paul.«

Die beiden Männer nickten sich zu. »Schön, Sie kennenzulernen«, blieb Paul etwas distanziert.

»Mich freut es auch!« Alexander überwand die unsichtbare Barriere zwischen ihnen und streckte Paul seine Hand entgegen. »Ich habe schon viel gehört über den berühmten Paul Flemming.«

»Berühmt?« Paul lachte, während er Alexanders Hand schüttelte. »Wer verbreitet denn solche Lügenmärchen?«

»Eine intelligente, hübsche Frau, die ihren Stiefvater bei jeder Gelegenheit in den höchsten Tönen lobt«, antwortete Alexander und schaffte es, Paul verlegen zu machen.

»Glauben Sie ihr kein Wort«, sagte Paul und zwinkerte Hannah zu.

Paul sah auf die Uhr. Er klärte Hannah auf, was vorgefallen war, und meinte, dass er sich sputen müsse, um Jan-Patrick nicht warten zu lassen. Da er aber den Eindruck zu vermeiden versuchte, dass er Hannah nebst Freund loswerden wollte, schlug er ihnen spontan vor, ihn zu begleiten. Hannah sagte sofort zu, und auch Alexander zeigte sich einverstanden, sodass sie schließlich zu dritt in der Lammsgasse aufkreuzten. Dort, vor dem maroden Möchtegernhotel, erwartete sie ein niedergeschlagener Jan-Patrick. Hannah machte ihn mit ihrem neuen Freund bekannt, doch der Wirt hatte anderes im Kopf:

»Was für eine Pleite!«, jammerte Jan-Patrick. »Wo man auch hinfasst, bröckelt es. Wenn ich Pech habe, kann ich den ganzen Kram abbrechen. Ohne Totalentkernung wird sich wohl nichts machen lassen. Ich hätte es mir vor dem Kauf besser überlegen sollen, aber die Lage war einfach zu verführerisch.«

»Wart erst einmal ab, was die Fachleute sagen«, versuchte Paul zu beruhigen. Doch ohne Frage hatte sich sein Freund ein Haus andrehen lassen, das sich als Fass ohne Boden erweisen konnte. »Genau hier ist es passiert«, erklärte Paul und zeigte auf das Trottoir. Dort waren noch einige Splitter des abgestürzten Fensterladens zu sehen.

Er hob den Blick und ließ ihn über die lachsfarbene Sandsteinfassade gleiten, die von grauen Schleiern überdeckt wurde und zahlreiche Wunden aufwies. In Höhe des vierten Stockwerks fehlte an einem mitgenommenen Fensterrahmen einer der Läden. An dieser Stelle musste das morsche Teil gesessen haben, bevor es sich aus seiner Halterung gelöst hatte. Paul zeigte auf die Stelle und schlug vor: »Sollen wir uns das mal genauer ansehen?«

Jan-Patrick zog einen Bund mit mehreren großbärtigen Schlüsseln hervor. »Wir können gleich raufgehen«, sagte er, fügte aber – vorsichtig aus Erfahrung – hinzu: »Passt bloß auf, wo ihr hintretet. Das ganze Gemäuer ist baufällig, auch auf die Treppen ist kein Verlass. Neulich ist mir eine Stufe unter den Füßen weggebrochen.«

Als Jan-Patrick sich an einer für das historische Gebäude völlig unpassenden Stahltür zu schaffen machte, fiel Paul sofort der desolate Zustand des Schlosses auf. »Dafür braucht man keinen Schlüssel. Dieses alte Ding bekommt man locker mit einem Stück Draht auf«, meinte er und fragte: »Hast du keine Bedenken, dass dieser Schuppen als Absteige benutzt wird? Es gibt etliche arme

Schlucker, die Nacht für Nacht auf der Suche nach einem Dach über dem Kopf sind.«

»Bislang habe ich hier keinen Obdachlosen erwischt«, antwortete Jan-Patrick nachdenklich und stieß die Tür auf.

Muffige, feuchtwarme Luft schlug ihnen entgegen, als sie ein mit Mosaikboden ausgelegtes Treppenhaus betraten. Das Licht war spärlich, denn eine verspielt-verschnörkelte Deckenleuchte aus Messing und geschliffenem Glas hatte wohl schon seit Langem den Dienst quittiert. Die hohe, stuckverzierte Decke wurde von Stockflecken und Schimmelpilz verunziert, und die breite Treppe mit ihren massiven dunklen Stufen hatte ihr Geländer eingebüßt.

Trotz dieses trostlosen Gesamteindrucks konnte Paul nun etwas besser nachvollziehen, weshalb sein Freund bei dieser Immobilie zugeschlagen hatte: Das Haus hatte Flair! Zwar bedurfte es viel Phantasie, um sich dieses verlotterte Foyer im Zustand nach einer Generalsanierung vorzustellen. Doch wenn man genug Vorstellungskraft aufbrachte, entstand das Bild einer stilvollen und gediegenen Lobby eines Hotels aus den guten alten Zeiten.

Nun war Paul gespannt auf den Zustand der anderen Räumlichkeiten und versuchte grob abzuschätzen, wie viel Geld wohl nötig sein würde, um das Haus wieder auf Vordermann zu bringen. An der Seite des sich ebenfalls interessiert umschauenden Alexander ging er die Treppe hinauf, die unter ihrem Gewicht knarrte und ächzte, als würde sie angesichts der unerwarteten Belastung wehklagen.

»Ein verrückter Plan«, raunte Alexander ihm zu – so leise, dass es der vorangehende Jan-Patrick nicht mitbekam. »Eine Renovierung wird sich nie auszahlen. Lieber sollte er diese verrottete Kiste abreißen und durch einen Neubau ersetzen.«

»Ich fürchte, er hat keine Wahl, denn der Denkmalschutz hat auch noch ein Wörtchen mitzureden«, entgegnete Paul. »Außerdem wäre es schade um den Baubestand. Ich denke, dass die Gäste von einem Altstadthotel eben genau das erwarten: Alt soll es sein. Oder zumindest den Anschein von Nostalgie erwecken.«

»Trotzdem sollte er zusehen, das Haus so schnell wie möglich wieder loszuwerden«, hielt Hannahs Freund an seiner Meinung fest. »Man liest ja häufig Zeitungsartikel über ambitionierte Bauherren, die wegen unerfüllbarer Auflagen und explodierender Kosten geradewegs in die Pleite gerauscht sind«, sagte er, während unter ihm die Bohlen krachten. »Ganz abgesehen von den Gefahren für die Passanten, wie sich ja gezeigt hat.«

»Da haben Sie recht.«

»Sie können mich gern duzen. Ich bin der Alex«, sagte Hannahs Freund mit seiner tiefen, angenehm warmen Stimme.

Paul sah ihn an, registrierte das offene Lächeln, was Alex einen weiteren Pluspunkt einbrachte, atmete aber auch sein etwas aufdringliches Aftershave ein, was einen Minuspunkt ergab. »Ich heiße Paul«, sagte er ein wenig verhalten, weil er sonst nur mit Leuten per Du war, die er wirklich gut kannte.

Die Wohnungen auf der vierten Etage entsprachen genau dem Bild, das bereits das Treppenhaus gemacht hatte – mit einem Wort: desolat. Die vier durchquerten ein ehemaliges Wohnzimmer, dessen halb heruntergerissene, geblümte Tapeten darauf schließen ließen, dass hier zuletzt vor zwanzig Jahren gewohnt worden war.

Auf dem Boden lagen Teile des Deckenputzes, der durch den Einfluss der Feuchtigkeit abgeplatzt war.

Zwischen Kalk, Steinstaub und abgeblätterter Farbe entdeckte Paul aber noch etwas anderes: mehrere Zigarettenstummel, direkt vor dem Fenster, das seinen Fensterladen eingebüßt hatte. Paul bückte sich danach und hob mit spitzen Fingern einen auf. »Hier hat jemand geraucht«, stellte er fest und sah Jan-Patrick fragend an. »Warst du das?«

»Du weißt, dass ich mir – wenn überhaupt – nur ab und zu ein Zigarillo gönne.« Seine Brauen zogen sich zusammen. »Du hattest vielleicht doch den richtigen Riecher, dass hier Stadtstreicher ein- und ausgehen.« In düsterer Stimmung fuhr er fort: »Könnte es sein, dass sich einer von diesen Brüdern auf die Brüstung gelehnt und den Absturz des Fensterladens verursacht hat?«

Paul betrachtete die Zigarette in seiner Hand, die nur zu zwei Dritteln aufgeraucht war. Auch die anderen Kippen auf dem Boden waren nicht bis zum Filter heruntergebrannt. »Ein Mittelloser hätte niemals so viel Tabak verschenkt«, gab Paul zu bedenken und fragte: »Waren in letzter Zeit andere Leute im Haus? Handwerker zum Beispiel?«

Jan-Patrick nickte heftig, als es ihm wieder einfiel: »Die hätte ich fast vergessen! Ja, ich bin neulich schon mit einem Bauexperten hier oben gewesen, der den Auftrag dann aber abgelehnt hat. Und, ja, der hat Kette geraucht, eine nach der anderen. Wahrscheinlich stammen die Stummel von ihm.«

Vielleicht, vielleicht aber auch nicht, dachte Paul, ließ Jan-Patricks Äußerung jedoch unkommentiert.

Alexander hatte derweil auch die Fensterbänke untersucht. »Sieht nicht gut aus«, lautete sein Urteil. »Das sitzt alles so locker, dass jederzeit das nächste Teil herabstürzen kann.«

»Du musst unbedingt etwas unternehmen!«, redete nun auch Hannah auf den überfordert wirkenden Jan-Patrick ein.

»Das stimmt«, fand Paul. »Sorg wenigstens für eine Notabsicherung.«

»Für kommenden Mittwoch habe ich eine weitere Firma bestellt, die auf so etwas spezialisiert ist. Die wollen sich ums Nötigste kümmern und lassen sich ihre Leistungen mit Gold aufwiegen«, sagte Jan-Patrick mit gequälter Miene.

»Kommenden Mittwoch? Das ist ja noch eine ganze Woche. Da kann man nur hoffen, dass es vorher niemanden mehr trifft«, meinte Alexander, was sich in Pauls Ohren etwas sarkastisch anhörte. Doch möglicherweise war er gegenüber dem neuen Mann in Hannahs Leben einfach zu kritisch eingestellt.

Vor dem Haus, wo Paul den unangenehmen Modergeruch abstreifte und die frische Luft in vollen Zügen einatmete, verabschiedeten sich Hannah und Alex, um weiter durch die Stadt zu ziehen. »Schaufensterbummel«, sagte Hannah nur und ließ dabei offen, welche Fenster sie zu besichtigen gedachten. Hauptsache nicht die eines Babyausstatters, dachte Paul.

3

Eine Woche später hatte Paul das Haus in der Lammsgasse beinahe vergessen. Der Alltag hatte ihn wieder: Paul musste Geld verdienen und seinem Job als Fotograf nachgehen.

»Ja, sehr gut machst du das, fast wie ein Profi! Aber arbeite noch etwas an deiner Körperhaltung. Aufrecht stehen und Brust raus. Wunderbar, genau so! Jetzt die Arme anwinkeln und anspannen. Und nicht ganz so bärbeißig schauen. Ja, schon besser!«

Paul legte viel Überzeugungskraft in seine Stimme und drückte den Auslöser der Kamera. Das Blitzlicht flammte zeitgleich mit drei großen, goldenen Schirmreflektoren auf und hob die Sehnen und Muskeln des Nachwuchsmodels hervor, dessen bis auf den Slip nackter Körper mit glänzendem Öl eingerieben war.

Paul tat sich schwer mit seinem heutigen Auftrag: Der junge Mann, der sich vor seiner Linse in Pose warf, bildete sich ein, der neue Arnold Schwarzenegger zu sein. Mit den Bildern, die Paul von ihm schießen sollte, wollte er sich bei der Deutschen Meisterschaft im Bodybuilding bewerben. Doch der muskelbepackte Schönling erwies sich nicht nur als ziemlich hüftsteif, sondern besaß auch kaum Ausstrahlung. Da nutzten ihm sein riesenhafter Bizeps und der Waschbrettbauch wenig, wenn sein Gesicht ihn als trübe Tasse entlarvte.

Paul musste besonders kreativ sein, um akzeptable Bilder für die Fotomappe zu zaubern, und er gab sich redlich Mühe, das Beste draus zu machen, da störte ihn sein Handy: Der Name auf dem Display lautete auf

Jan-Patrick. Paul fragte sich, was der Wirt von ihm wollte. Es kam nur selten vor, dass er bei ihm anrief. Ob es etwas mit dem Vorfall vom vergangenen Dienstag zu tun hatte? Seit der Besichtigung seiner maroden Immobilie in der letzten Woche hatte er nichts mehr von ihm gehört.

Er zog sich mit dem Handy in den Flur seines Ateliers zurück und lehnte sich an die Mokkabraune, das Poster einer seiner frühen Aktaufnahmen. »Was gibt's?«, fragte er in den Hörer.

Schweres Atmen, gefolgt von Jan-Patricks hektischer Stimme: »Ich brauche deine Hilfe, Paul!« Dieser Satz klang nach purer Verzweiflung.

»Was ist denn passiert, um Himmels willen?«

Jan-Patrick wollte so schnell antworten, dass er sich verschluckte und husten musste.

»Beruhige dich erst mal«, redete Paul auf ihn ein, »und dann erzählst du mir ganz langsam, was dir auf dem Herzen liegt.«

Jan-Patrick hatte den Hustenreiz kaum überwunden, als es schon aus ihm herausplatzte: »Es sind wieder Fassadenteile abgestürzt! Ein richtig großer Brocken diesmal.«

»Aber du wolltest doch dafür sorgen, dass das Haus abgesichert wird«, wunderte sich Paul.

»Die Bauleute haben sich erst für morgen angemeldet. Ich habe ja versucht, früher jemanden zu finden, habe bei diversen Firmen angefragt, aber bis die einen Auftrag annehmen, kann man bis zum Sankt-Nimmerleins-Tag warten.«

»Den Handwerksbetrieben geht es einfach zu gut, die haben es nicht nötig«, meinte Paul. »Hast du es auch mal im Rathaus probiert? Konnte das zuständige Amt nichts für dich tun?«

»Die Verantwortung liegt beim Eigentümer, nicht bei der Stadt«, sagte Jan-Patrick, wobei ihm anzuhören war, dass er dicht vor der Panik stand. »Das ist jetzt auch alles egal, denn nun ist es zu spät.«

»Warum?«

»Es hat ein Opfer gegeben, einen Toten.«

»Mein Gott.« Paul verschlug es die Sprache.

»Ein loser Fenstersims ist abgestürzt. Der schwere Sandsteinbrocken hat ihm den Schädel zertrümmert. Er hatte keine Chance, meinte der Notarzt.«

»Wen meinst du mit ›er‹?«

Jan-Patrick brauchte einige Augenblicke, bevor er sich dazu durchringen konnte, den Namen auszusprechen: »Polster. Es hat ihn erwischt.«

Paul war wie vom Donner gerührt. Dutzende Gedanken schossen ihm gleichzeitig durch den Kopf.

»Polster?«

»Ja, und ich trage die Schuld an seinem Tod! Ich allein.« Tiefe Verzweiflung schwang in Jan-Patricks Stimme mit. »Der arme Mann ...«, stammelte er. »Was habe ich da bloß angerichtet.«

Das fragte sich Paul auch. Wie konnte das sein? Vergangene Woche hatte Paul den alten Justizvollzugsbeamten gerettet, doch dass dieser ein zweites Mal in eine solche Geschichte geraten würde, hätte Paul nicht für möglich gehalten. Was für ein grässlicher Zufall, welch böse Ironie des Schicksals!

Andererseits war der Zufall bei näherer Betrachtung nicht ganz so groß, wie Paul im ersten Moment angenommen hatte. Denn war heute nicht Dienstag? Und hatte Polster ihm gegenüber nicht erwähnt, dass er seit vielen Jahren stets denselben Weg zum Stammtisch nehme, also auch immer die Lammsgasse entlangging? Anscheinend war Polster seine ewige Routine zum Verhängnis geworden. Der immer gleiche Trott. Hätte er nach dem Vorfall in der letzten Woche doch wenigstens die Straßenseite gewechselt, dachte Paul bekümmert.

»Ich bin mit den Nerven am Ende. Fix und fertig. Ich wusste nicht, an wen ich mich sonst wenden soll. Du bist mein bester Freund«, jammerte Jan-Patrick am anderen Ende der Leitung. »Die Polizei war schon hier und hat meine Personalien aufgenommen. Die haben gesagt, dass sie mich schlimmstenfalls wegen fahrlässiger Tötung drankriegen können. Als ob ich ein Schwerverbrecher wäre – aber irgendwie bin ich das ja tatsächlich. Ich habe ein Menschenleben auf dem Gewissen. Ein furchtbarer Gedanke.«

»Du bist kein Verbrecher, Jan-Patrick, und das weiß auch die Polizei«, versuchte Paul zu trösten. Doch er erkannte sehr wohl den Ernst der Lage. Sein Freund steckte in der Klemme, und wenn er nicht höllisch aufpasste, könnte er tatsächlich im Gefängnis landen.

»Du willst meinen Rat?«, fragte Paul. »Nimm dir einen guten Anwalt.«

»Anwalt ... ja, das wird wohl das Beste sein«, antwortete Jan-Patrick kleinlaut.

»Ich spreche mit Katinka darüber und frage sie, ob sie jemanden empfehlen kann«, schlug Paul vor.

»Danke, das ist nett.«

»Du bist doch rechtsschutzversichert, oder?«

»Ja, daran soll es nicht scheitern.«

»Dann überlass alles Weitere den Experten«, empfahl Paul.

»Das werde ich tun. – Aber könntest du nicht auch selbst ...«

»Was könnte ich?«

Jan-Patrick druckste herum: »Ach nichts. Vergiss es.«

»Nein, sag mir, was du willst. Ich bin dein Freund. Ich helfe dir, wenn es geht.«

Jan-Patrick gab sich einen Ruck: »Okay, wenn du dazu bereit bist: Ich würde dich gern als Detektiv engagieren.«

Trotz aller Tragik musste Paul auflachen. »Vergiss es! Ich bin Fotograf und kein Detektiv. Das weißt du genau.«

»Natürlich weiß ich das. Trotzdem kannst du nicht verleugnen, dass du ein Talent für solche Dinge hast. Das hast du oft genug bewiesen.«

»Zu oft«, betonte Paul. »Ich musste Kati versprechen, dass damit Schluss ist. Endgültig.«

Ein tiefer Seufzer drang durch die Leitung. »Ist das dein letztes Wort?«

»Ja«, sagte Paul entschieden. »Es tut mir leid, aber ich werde für dich nicht den Columbo spielen.«

»Könntest du dich nicht wenigstens in der Lammsgasse umsehen? Wenn schon nicht als Detektiv, dann wenigstens als Mensch mit klarem Verstand?« Jan-Patrick schlug einen flehenden Ton an. »Du hast ein geschultes Auge und entdeckst womöglich etwas, das unsereins übersieht. Vielleicht stößt du auf Dinge, die mich entlasten.«

»Was sollen das denn für Dinge sein?«, fragte Paul wenig überzeugt. »Nein, Jan-Patrick, das bringt doch alles nichts. Ich kenne das Haus bereits und weiß, wie marode sein Zustand ist.«

»Aber du weißt auch, was für mich auf dem Spiel steht!«

Ja, das wusste Paul: Es ging um nicht weniger als Jan-Patricks Freiheit, seinen Job als Altstadtwirt, seine Verantwortung als Familienvater, schlichtweg um seine gesamte Existenz.

»Also?«, ließ der Wirt nicht locker. »Begleitest du mich noch mal in mein neues Haus?«

»›Neu‹ ist die Übertreibung des Jahres!« Zähneknirschend stimmte Paul doch noch zu. »In Ordnung, ich bin dabei, auch wenn ich nicht viel Sinn darin sehe. Und wenn mir nichts auffällt, bin ich raus aus der Sache, okay?«

»Okay, ich werde dich danach zu nichts mehr drängen. Du hast mein Wort.«

»Gut, dann haben wir mal wieder einen Deal. Wann nehmen wir es in Angriff?«

Die Antwort kam wie aus der Pistole geschossen: »Am liebsten sofort! Ich habe keine Zeit zu verlieren.«

»Das geht doch nicht. Die Polizei hat sicher alles abgesperrt.«

»Ja, aber mich als Hausbesitzer werden sie schon vorlassen. Wir sollten es wenigstens versuchen.«

Paul dachte an den öligen Muskelmann in seinem Atelier und daran, dass er ohnehin keine große Lust verspürte, weitere Fotos von ihm zu machen. Angesichts der fortgeschrittenen Zeit würde er ihn auf einen anderen Termin vertrösten. Er sagte zu Jan-Patrick: »Ich kann in zehn Minuten da sein.«

4

Jan-Patrick hatte sich gründlich getäuscht: Auch wenn er hundertmal der Hausbesitzer wäre, würde er hier doch nicht durchgelassen. So jedenfalls drückte es ein beleibter Polizist aus, der breitbeinig vor dem Gebäude Stellung bezogen hatte. Während Jan-Patrick sich nicht abweisen lassen wollte und unablässig auf den stoisch dastehenden Uniformierten einredete, sah sich Paul am Ort des Geschehens um. Die Lammsgasse war für den Verkehr gesperrt worden, Fußgänger mussten die andere Gehwegseite benutzen. Hinter einem Flatterband waren Feuerwehrleute mit Aufräumarbeiten beschäftigt. Eine Drehleiter war ausgefahren worden, im Korb befand sich ein weiterer Feuerwehrmann, der in Höhe des obersten Stockwerks mit dem provisorischen Absichern der Fassade beschäftigt war – genau an jener Stelle, an der unter einem lädierten Fensterrahmen ein Loch in der Wand klaffte. Hier musste der herabgestürzte Sims gesessen haben, folgerte Paul.

Auf dem Bürgersteig hatte die Polizei einige Markierungen hinterlassen. Zwar war Polsters Leiche bereits abtransportiert worden, aber Paul nahm an, dass sie genau an der Stelle gelegen hatte, vor der er gerade stand. Dafür sprachen auch die kleinen Gesteinsbrocken, die überall verstreut lagen, sowie eine dunkle Verfärbung auf den Gehwegplatten. Blut, wie Paul vermutete. Der todbringende Sims selbst hingegen war nicht mehr zu sehen. Wahrscheinlich hatte man ihn für Nachuntersuchungen sichergestellt.

Unverrichteter Dinge mussten sie wieder abziehen. Paul begleitete seinen tief getroffenen Freund in den

Goldenen Ritter, dessen Gastraum Jan-Patrick im Stechschritt durchquerte, ohne nach links oder nach rechts zu blicken. Erst im geschützten Umfeld der Küche begann er sich zu entspannen. Zunächst wirkte er noch unschlüssig, was er als Nächstes tun sollte. Dann hörte er auf seine innere Stimme und verkündete: »Der ganze Ärger macht hungrig. Ich habe einen Mordsappetit!«

Jan-Patrick schaute seinen Küchenhilfen in die Töpfe. Mit kritischer Miene testete er hier ein Sößchen und dort ein Dressing. Schließlich nahm er einem Gehilfen den Schöpflöffel aus der Hand und füllte für Paul und sich selbst zwei Schüsseln mit einer köstlich duftenden, wiesengrünen Suppe ab. Dazu reichte er Paul einen Kanten Brot. Sie ließen sich an dem kleinen Tisch nieder, der dem Küchenpersonal für die Pausen diente. Jan-Patrick entkorkte einen Bocksbeutel mit silberner Qualitätsplakette und holte zwei Gläser. Sie prosteten sich zu, um sich anschließend dem Essen zu widmen.

»Gönnen wir uns eine Auszeit und lassen es uns schmecken«, befand Jan-Patrick und tunkte sein Brot ein.

»Exzellent«, urteilte Paul, nachdem er probiert hatte. »Das ist aber keine gewöhnliche Erbsensuppe.«

»Gewöhnlich ist bei mir grundsätzlich gar nichts«, stellte der Wirt klar. »Ich habe sie vor dem Pürieren mit gerösteten Nüssen versetzt.«

»Wirklich ausgezeichnet.«

»Wenn du möchtest, kannst du gern auch die Hauptspeise versuchen. Heute haben wir auf der Karte Kaninchenrücken mit Karotten-Rosmarin-Püree, beträufelt mit einer Mascarpone-Kaffee-Sauce.«

Klingt verlockend, dachte Paul. Aber das Essen durfte jetzt nicht im Mittelpunkt stehen. Er konnte seinem

Freund diese Ausflucht nicht durchgehen lassen. Nachdem er sich zwei weitere Löffel Suppe hatte schmecken lassen, erkundigte er sich bei Jan-Patrick: »Hat sich die Familie von Polster schon bei dir gemeldet?«

»Nein, Gott sei Dank noch nicht«, antwortete Jan-Patrick mit einem Anflug von Panik im Blick. Es war ihm anzumerken, dass er sich vor diesem Anruf fürchtete. »Soviel ich weiß, ist seine Frau schon vor einigen Jahren gestorben, und die Kinder leben nicht in Nürnberg.«

»Wie sieht es mit Polsters Stammtischbrüdern aus? Haben die dich angesprochen? Ich meine, heute ist ja Dienstag, und sie saßen in deinem Lokal beieinander.«

»Als sie vorhin hier zusammentrafen, war von dem Unglück noch nichts bekannt. Sie haben sich zwar darüber gewundert, wo ihr Freund Polster blieb, doch es kam immer mal wieder vor, dass jemand verhindert war. In ihrem Alter plagt ja die meisten Menschen öfter mal ein Zipperlein.«

»Aber inzwischen müsste es sich bis zu ihnen herumgesprochen haben«, glaubte Paul. »Meinst du, sie sind noch immer am Karteln?«

Jan-Patrick warf einen Blick auf die Wanduhr und schüttelte den Kopf. »Jetzt nicht mehr, zumindest habe ich eben keinen mehr gesehen. Glücklicherweise, denn ich kann mir Besseres vorstellen, als ausgerechnet heute einem von ihnen in die Arme zu laufen.« Plötzlich veränderte sich sein Gesichtsausdruck, und er fragte: »Warum willst du das eigentlich wissen?«

Gute Frage, dachte Paul. Denn hatte er nicht kategorisch abgelehnt, für Jan-Patrick den Schnüffler zu geben? Und hatte er sich nicht fest vorgenommen, nur beim Fund von Indizien mehr Zeit darauf zu verwenden?

Der Besuch am Tatort war ja völlig ergebnislos geblieben – von den Zigarettenstummeln, die er beim ersten Mal gefunden hatte, einmal abgesehen. Es wäre daher inkonsequent, trotz der bisherigen Erfolglosigkeit weitere Nachforschungen anzustellen. Doch mit der Konsequenz hatte es Paul noch nie so genau genommen, sobald er einen Fall witterte. Da warf er seine Vorsätze schnell mal über Bord.

»Also, warum willst du das eigentlich wissen?«, wiederholte Jan-Patrick seine Frage.

»Weil ich gern mit ihnen gesprochen hätte«, gab Paul seine guten Vorsätze auf.

Jan-Patrick machte große Augen. »Sag bloß, dass dein detektivischer Spürsinn jetzt doch angeschlagen hat?«

»Kann schon sein«, antwortete Paul ausweichend und widmete sich vorübergehend wieder seiner Suppe. Dann fragte er: »Also: Siehst du eine Chance, dass ich mich mit deinen Gästen unterhalten kann?«

»Bloß nicht!«, fuhr der Wirt auf. »Damit machst du alles noch schlimmer!«

»Ich würde aber gern wissen, was sie über diese Sache denken.«

»Was sollen sie denn denken? Sie trauern um ihren alten Weggefährten und legen gewiss keinen gesteigerten Wert darauf, sich mit dir darüber auszutauschen.«

Allzu verständlich, dass Jan-Patrick abblockte, aber schließlich war er es gewesen, der Paul hinzugezogen hatte. Nun musste er auch damit leben, dass Paul Fragen stellte.

Davon abgesehen würde Paul erst dann zur Ruhe finden, wenn es ihm gelänge, die Meinung von wenigstens einem der Stammtischbrüder einzuholen. Denn sein Bauchgefühl sagte ihm, dass hinter Polsters Tod mehr stecken könnte als ein tragischer Schicksalsschlag. Dafür sprachen der Beinaheunfall vor einer Woche und die Möglichkeit, dass sich Unbefugte in dem Gebäude aufgehalten haben könnten. In den Zigarettenstummeln meinte Paul ein Indiz dafür gefunden zu haben.

»Wohnt jemand aus dem Altherrenclub zufällig in der Nähe?«, fragte er.

»Ja«, antwortete Jan-Patrick zurückhaltend.

»Verrätst du mir, wer?«

»Ungern.« Jan-Patrick sah ihn argwöhnisch an. »Ich sagte doch gerade, dass ich das für keine gute Idee halte. Was versprichst du dir davon?«

»Ich möchte einfach gern in Erfahrung bringen, wie Polsters Kumpane die Nachricht von seinem Tod aufnehmen«, sagte Paul ganz offen. »Das ist alles. Denn ihre Reaktion könnte mir verraten, ob mehr dahintersteckt oder eben nicht.« Da seine Argumentation nicht zog, fügte er hinzu: »Außerdem ging die Initiative, dass ich mich um die Angelegenheit kümmern soll, von dir aus. Schon vergessen?«

»Nein, das habe ich natürlich nicht vergessen – ich beginne aber, es zu bereuen«, gestand der Wirt. »Denn ich habe damit nicht gemeint, dass du meine Kundschaft aufscheuchen sollst.«

»Keine Sorge, ich bin diskret. Davon abgesehen: Ganz egal, was ich unternehme, es geht mir dabei einzig und allein darum, dich aus der Schusslinie zu holen«, versicherte Paul. »Das ist nur möglich, wenn wir die Unfalltheorie infrage stellen.«

Jan-Patrick dachte scharf nach und mahlte dabei mit den Zähnen. »Du hast also allen Ernstes Zweifel?«, fragte er dann. »Zweifel daran, dass es ein Unfall war?«

So weit wollte Paul nicht gehen. Noch nicht. Um seinen Freund später nicht enttäuschen zu müssen, falls es sich um einen Fehlalarm handeln sollte, hielt er die Erwartungen niedrig: »Die Polizei hat das Ganze ja gewiss sorgfältig überprüft, und es gibt anscheinend keine Anhaltspunkte für Fremdverschulden. Zumindest ist mir noch nichts darüber zu Ohren gekommen. Folglich kann ich vorläufig nicht mehr tun, als mit denjenigen Leuten zu sprechen, die in irgendeiner Weise mit Polster zu tun haben. Ich verspreche dir, dass ich ganz behutsam sein werde. Also: Nennst du mir bitte seinen Namen?«

»Herbert Welker, im früheren Leben Gerichtsdiener«, sagte Jan-Patrick verkniffen.

»Und die Anschrift? Oder muss ich sie etwa selbst googeln?«

»Pilotystraße«, rückte Jan-Patrick mit der Straße heraus und nannte auch die Hausnummer. »Aber du willst doch nicht etwa noch heute Abend ...«

»Natürlich nicht. Für wie taktlos hältst du mich?«

»Für extrem taktlos.«

5

Als Paul den *Goldenen Ritter* verließ, war es stockdunkel und entschieden zu frisch für Pauls leichte Sommerjacke. Ihn fröstelte, während er mit eingezogenem Kopf nach Hause strebte, und er erschrak, als plötzlich eine Gestalt hinter einem Mauervorsprung auftauchte.

»Hannah, willst du, dass mein Herz stehen bleibt?«

»Ich habe darauf gewartet, dass du endlich aus der Kneipe kommst.« In Hannahs Erklärung schwang ein leichter Vorwurf mit.

»Lass dieses Wort bloß nicht Jan-Patrick hören. Der *Goldene Ritter* ist ein Gourmettempel und keine schnöde Schenke. Woher wusstest du überhaupt, dass ich im Restaurant war?«

»Du warst nicht zu Hause, nicht im Atelier. Viele andere Möglichkeiten gibt es bei dir ja nicht.«

»Und weshalb bist du nicht reingekommen?«

»Keinen Bock auf Small Talk mit Jan-Patrick und Marlen. Ich wollte dich sprechen, und zwar unter vier Augen. Konnte ja nicht ahnen, dass es so lange dauert.«

»Dass ich so lange dort drin war, hat seinen Grund.«

In einem der Tragik angemessenen Ton klärte er sie über Bernhard Polsters Tod auf.

»Was? Um Himmels willen! Und dabei haben wir Jan-Patrick doch letzte Woche noch gesagt, er soll das Haus sichern!«

»Was nicht geschehen ist. Er brauchte also dringend meinen Rat.«

»Das kann ich gut verstehen. Dem Armen geht bestimmt der Arsch auf Grundeis.«

»Das ist zwar etwas krass ausgedrückt, aber durchaus treffend. Er hat Angst, dass man ihn als Hausbesitzer drankriegen könnte. Nicht ganz zu Unrecht, wie ich fürchte.« Paul sah Hannah fragend an: »Bist du heute mal ohne Alex unterwegs?«

»Ich wollte dich allein sprechen«, sagte sie und schlug vor: »Gehen wir auf einen Drink in eine Bar?«

»Eigentlich hatte ich heute schon genügend Drinks.«

»Stell dich nicht so an. Sonst hast du damit doch auch keine Probleme.« Sie sah ihn mit großen Augen an. »Ganz ehrlich: Mir liegt viel daran, deine Meinung zu hören.«

»Über Alex?«

Hannah nickte.

»Okay«, willigte Paul ein. »Was hältst du von einem Haselnussschnaps beim *Ludwigs* in der Inneren Laufer Gasse? Oder wie wär's mit dem *Café Katz* am Hans-Sachs-Platz? Dort finden wir sicher eine Ecke, in der wir ungestört sind.«

»Nee, da sind mir zu viele Adidas- und Puma-Hipster. Außerdem steht mir der Sinn nach einem Cocktail.«

Paul dachte nach. »Die *Rote Bar*?«

Hannah war einverstanden. Kurz darauf überquerten sie die Heubrücke und schauten sich nach zwei freien Sitzplätzen in der schummrig beleuchteten Cocktailbar um. An der Theke wurden sie fündig. Bei entspannter Loungemusik studierten sie die Karte. Hannah entschied sich für einen Don Lockwood mit Bourbon und Ahorn, Pauls Wahl fiel auf den Catch-a-Bullet, eine gewagte Mischung mit Port und Zitrone.

»Rück schon raus damit: Was hältst du von ihm?«, kam Hannah sogleich auf den Punkt.

»Seit wann interessiert es dich, was ich über deine Verehrer denke?«

»Alex ist mehr als nur ein Verehrer. Ich glaube, ich war nie zuvor so verliebt«, sagte sie mit erstaunlicher Offenheit.

»Wenn es dir wirklich ernst ist, kann ich dich nur beglückwünschen. Er macht einen netten Eindruck.«

»Bloß nett?« Hannah reichte diese Antwort nicht aus. Herausfordernd sah sie ihn an. »So leicht kommst du mir nicht davon. Da will ich mehr hören!«

»Er sieht – soweit ich das als Mann beurteilen kann – gut aus, tritt selbstsicher auf und hat Manieren. Sein Job ist auch nicht gerade schlecht. Und was seine übrigen Qualitäten anbelangt, musst du selbst urteilen.«

Hannah grinste breit. »Meinst du das wirklich so? Du findest, dass Alex es draufhat?«

»Ich würde ihn nicht spontan zu meinem neuen Lieblingsfreund erklären, denn dazu kenne ich ihn viel zu wenig. Aber ja: Ich habe den Eindruck, dass dein Freund schwer in Ordnung ist.«

Hannah wirkte ungemein erleichtert und prostete Paul gut gelaunt zu. In dem Glauben, Paul nun auf ihrer Seite zu haben, plauderte sie munter drauflos und berichtete von Alexanders diversen Vorzügen, seiner aufmerksamen Art und den kleinen Geschenken, mit denen er sie immer wieder überraschte. Aber auch die weniger guten Seiten ließ sie nicht aus, nannte seinen Hang zur Unordnung und Unpünktlichkeit und die Neigung, sich zu schnell für etwas zu begeistern. »Manchmal ist er ziemlich ... wie soll ich sagen? ›Ungestüm‹ ist vielleicht das richtige Wort. So wie ein kleiner Junge.«

Paul riet ihr, Nachsicht walten zu lassen und über diese Schwächen vorerst hinwegzusehen, so wie es Alexander sicher auch mit ihren Schwächen täte. Nach dem zweiten Drink wollte Paul zahlen, als die Sprache auf den Toten von der Lammsgasse kam.

»Du witterst wohl schon wieder ein Verbrechen«, meinte Hannah.

»Ein Mann wird von einem Fassadenstück erst knapp verfehlt und dann eine Woche später tödlich getroffen. Daraus könnte man folgern: Jemand hatte es auf ihn abgesehen«, bestätigte Paul Hannahs Vermutung.

»Dieses Haus verfällt. Ständig bröckelt etwas von der Wand. Sogar als wir letztens dort standen, rieselten Steinchen und Mörtel herunter. Es hätte also jeden treffen können. Dass es den alten Mann erwischt hat, ist reiner Zufall.«

»Ich glaube nun mal nicht an Zufälle«, beharrte Paul auf seiner Skepsis. »Zumal vor Kurzem ein guter Freund von Polster ebenfalls einem Unfall zum Opfer gefallen sein soll.«

»Na und? Unfälle passieren nun mal und nehmen keine Rücksicht darauf, dass du zwei Unglücksfälle hintereinander schon verdächtig findest.«

»Ich suche vor allem nach Möglichkeiten, um Jan-Patrick zu entlasten. Das ist für mich als Freund eine Selbstverständlichkeit.«

»Dass du die Dinge nicht einfach auf sich beruhen lässt, ehrt dich ja. Aber manchmal geht ganz einfach deine Phantasie mit dir durch.«

»Wenn ich noch einen von diesen Cocktails trinke, ganz bestimmt«, scherzte Paul. »Mag sein, dass du recht hast. Ob ich mich in diese Sache weiter hineinhänge oder nicht, mache ich davon abhängig, welchen Eindruck ich morgen gewinne. Ich werde nämlich einen der Stammtischbrüder besuchen.«

Hannah war nicht gerade angetan von dieser Idee. »Hast du keine Angst, dass der einen Herzinfarkt bekommt, wenn du ihm deine Mordgeschichten auftischst?«

»Ich werde es ganz sachte und diplomatisch angehen«, versicherte Paul.

»Kreuz bei dem bloß nicht zu früh auf«, riet Hannah. »Senioren schlafen gern lang.«

»Da habe ich aber einen ganz anderen Eindruck, wenn ich morgens zum Bäcker gehe und die Zeit drängt. Mindestens fünf Silberschöpfe stehen dann schon Schlange. Dabei haben sie doch den lieben langen Tag Zeit, um einkaufen zu gehen. Man könnte meinen, sie tun das bloß so früh, um uns Berufstätige zu ärgern.«

»Trotzdem, Paul: Mach den armen alten Leuten keine Angst.«

Mal sehen, dachte Paul, wer wem Angst machen würde.

6

Paul nahm sich Hannahs Rat zu Herzen und wartete den Vormittag ab. Auch die Mittagszeit ließ er verstreichen, da er Herrn Welker weder beim Essen stören noch vom Mittagsschlaf abhalten wollte. Es war bereits nach sechzehn Uhr, als er an der Haustür des Ruheständlers schellte.

Einige Zeit verstrich, in der Paul die sorgsam polierten Namensschilder der Bewohner dieses etwas spießig anmutenden Mehrparteienhauses lesen konnte. Das Gebäude selbst war nicht gerade eine Offenbarung, dennoch konnten sich die Mieter glücklich schätzen: Sie wohnten citynah mit exklusivem Burgblick.

»Ja, bitte?«, schnarrte es nach gefühlten fünf Minuten durch die Sprechanlage.

Paul nannte seinen Namen und sagte, dass er wegen Herrn Polster hier sei. Zunächst blieb es still, woraufhin Paul annehmen musste, umsonst gekommen zu sein. Doch dann wurde unverhofft der Summer betätigt. Die Tür schnappte auf.

Der frühere Gerichtsdiener Welker lebte im ersten Obergeschoss. Klein von Wuchs, hatte er sein grau durchsetztes Haar zu einer Frisur aufgetürmt, die ihn um gute zehn Zentimeter größer erscheinen ließ. Genau wie Polster genoss auch Welker seinen Lebensabend und war wahrscheinlich schon vor zehn Jahren in Pension gegangen. Dennoch besaß er hellwache Augen, deren Blick unangenehm bohrte. Einen halben Meter hinter ihm stand eine zierliche Frau mit scheuem Gesichtsausdruck und weißen Löckchen – offenbar seine Gattin.

»Sie kannten Bernhard?«, fragte Welker in der Wohnungstür und taxierte Paul abwartend. »Sind Sie ein Verwandter?«

»Nein«, stellte Paul klar. »Ich habe Herrn Polster erst neulich kennengelernt. Mehr oder weniger zufällig.« Paul erwähnte seine Heldentat von letzter Woche, worauf sich Welkers Miene aufhellte. »Wir haben nur ein paar Worte gewechselt. Dennoch hat mich die Nachricht von seinem Tod sehr bewegt«, fügte Paul hinzu.

Nach kurzer Rückversicherung mit seiner Frau bat Welker ihn in die Wohnung. Sie durchschritten einen von Landschaftsbildern in gedeckten Farben flankierten Flur und betraten ein mollig warmes Wohnzimmer, in dem sie Frau Welker nach einem Nicken ihres Mannes allein ließ.

Die Einrichtung entsprach Pauls Erwartungen vom Stil eines kleinbürgerlichen älteren Ehepaares: eine wuchtige Schrankwand, ein ausladendes Sofa, zwei orientalisch anmutende Teppiche auf dem Boden. Alles in allem wohl schon vor zwanzig Jahren oder mehr aus einem Möbelhausprospekt zusammengesucht. Welker trat an ein rollbares Bartischchen, wie es in den Siebzigern in Mode gewesen war, und legte seine Hand auf eine Kristallkaraffe.

»Ich habe den Schrecken noch nicht verdaut«, sagte er. »Möchten Sie auch einen?« Da ihn Paul unschlüssig ansah, ergänzte er: »Echter Scotch.«

Obwohl es für einen Whisky deutlich zu früh war, willigte Paul ein, hoffte er doch, dass der Alkohol die Zunge des alten Gerichtsdieners bald lösen würde. Mit den Gläsern in der Hand ließen sich beide nieder: Paul auf dem Sofa, Welker in einem für die enge Wohnung viel zu großen Ohrensessel. Seine Stirn war von tiefen Furchen durchzogen, als er zu reden begann: »Sie haben ihm also das Leben gerettet, und das nur, damit er eine Woche darauf doch sterben musste. Wie traurig.«

»Ja, es ist bitter«, pflichtete Paul ihm bei. »Deswegen komme ich auch nicht zur Ruhe. Sie können sich gewiss vorstellen, wie mich diese schlimme Geschichte umtreibt.«

»Ja, das kann ich. Sehr anständig von Ihnen, dass Sie so selbstlos geholfen haben.«

»Hätte das nicht jeder an meiner Stelle getan?«

»Ich weiß nicht. Die meisten Menschen heutzutage wenden sich ab, wenn etwas passiert. Und danach wollen sie ohnehin nichts mehr davon hören.«

»Mir geht es genau umgekehrt«, behauptete Paul. »Ich fühle mich Herrn Polster jetzt erst recht verbunden und finde es sehr schade, nur so wenig über ihn zu wissen. Wenn die Frage erlaubt ist: Was ist er denn für ein Mensch gewesen?«

Welker atmete schwer. Man merkte, dass es ihm nicht leichtfiel, über den Verstorbenen zu sprechen. »Bernhard war ein treuer Kamerad. Wir hatten beruflich ja mit der gleichen Klientel zu tun: ich am Gericht und er in der JVA. Wir haben uns oft ausgetauscht, damals, in unseren aktiven Jahren.«

»Jaja, die gute alte Zeit.«

»Er war ein vorbildlicher Vollzugsbeamter, unfehlbar in seinem Instinkt und mit nur einem einzigen Krankheitstag in fünfzehn Jahren. So pflichtbewusst, wie Bernhard es war, ist heute ja keiner mehr. Aber auch als Mensch, also privat, war er schwer in Ordnung. Ein Pfundskerl.«

Er leerte sein Glas mit einem einzigen Schluck bis auf eine kleine goldgelbe Pfütze und erhob sich, um nachzuschenken. Paul überlegte, ob Welker dies heute Nachmittag schon mehrfach getan hatte. Denn sein Gastgeber schwankte beim Gehen.

»Aber erzählen Sie erst einmal«, forderte er Paul auf und goss sein Glas bis zum Rand voll. »Wie genau ist das gewesen mit dem herabstürzenden Fassadenstück?«

Paul nippte an seinem Scotch und berichtete ganz ohne Pathos, wie er Polster vor einer Woche davor bewahrt hatte, von dem Fensterladen getroffen zu werden. »Ich nehme an, dass es sich gestern ähnlich abgespielt hat – bis auf die Tatsache, dass ich diesmal nicht in der Nähe war.«

Als Welker das hörte, durchfuhr ein Zittern seinen Körper, so stark, dass sein gerade eingeschenkter Drink überschwappte. Mit unsicheren Schritten kam er zurück und sank in den Sessel. »Ich kann es noch immer nicht fassen: zwei solche Vorfälle in Folge, und beide Male ausgerechnet zu dem Zeitpunkt, als Bernhard vorbeikam. Wäre das nicht zu vermeiden gewesen?«

Paul hob die Schultern. »Es konnte ja niemand ahnen, dass ...«

»Wirklich nicht?«, unterbrach Welker mit bebender Stimme. Er führte sein Glas zum Mund und kippte den Inhalt ohne ein Wimpernzucken hinunter.

Paul wusste nicht, wie er diese Reaktion einschätzen sollte. War es allein die Trauer um einen langjährigen Freund, die den alten Gerichtsdiener umtrieb und diese starken Emotionen auslöste? Oder steckte mehr dahinter? Täuschte sich Paul, oder war da ein Anflug von Angst, den er in den flackernden Augen des anderen zu erkennen glaubte?

»Wie meinen Sie das?«, gab Paul die Frage zurück. »Haben Sie einen Grund, nicht an einen Unfall zu glauben?«

Wieder setzte Welker sein Glas an die Lippen und versuchte ihm die letzten verbliebenen Tropfen zu entlocken. Dann knallte er es auf den Tisch. »Nein, selbstverständlich nicht. Sonst würde ja die Polizei ermitteln, und in der Zeitung stünde es dann sicher auch schon.« Etwas ruhiger fuhr er fort: »Aber der Beinaheunfall von letzter Woche hätte Bernhard eine Warnung sein müssen. Er hätte Abstand halten müssen von diesem verfluchten Haus.«

Paul gewann den Eindruck, dass Welker mehr wusste, als seine Worte verrieten. Abstand zu dem Haus halten – was sollte das heißen? Dass sich Polster vor herabstürzenden Trümmern hätte in Acht nehmen sollen oder etwa, dass dort jemand auf ihn gelauert hatte?

»Mir gegenüber hatte Herr Polster erklärt, dass der Weg von seiner Wohnung zum *Goldenen Ritter* durch die Lammsgasse führt und er ihn seit Jahren benutzt. Er hat es trotz des Zwischenfalls nicht in Betracht gezogen, mit seinen Gewohnheiten zu brechen.«

»Und ich sage, das war ein Fehler.«

»Warum?«, fragte Paul nun ganz offen. »Weil es sich jemand zunutze gemacht hat? Jemand, der Böses im Schilde führte?«

Welker ging nicht darauf ein. Jedenfalls nicht direkt. »Das Ganze ist ein Albtraum. So weit hätte es nicht kommen dürfen. Schlimm. Ganz, ganz schlimm.«

»Ich liege also richtig mit meiner Vermutung?«, fragte Paul in dem Versuch, Welkers Andeutungen zu interpretieren.

Da dieser jedoch keinerlei Anstalten machte, sich weiter zu erklären, sondern nur stumpf in sein leeres Glas blickte, nutzte Paul das Schweigen, um sich in dem beengten Wohn- und Arbeitszimmer umzusehen. Dabei blieb sein Blick an einer Anrichte hängen, auf der Fotos einer attraktiven Frau mittleren Alters standen. Paul nahm an, dass es sich um die Tochter des Hauses handelte und die Eltern sehr stolz auf sie waren. Neben diesen Privatfotos erkannte Paul eine andere Aufnahme, die er bereits im *Goldenen Ritter* zu Gesicht bekommen hatte: die Fotografie der fünf Stammtischbrüder in jüngeren Jahren!

Welker bemerkte Pauls Interesse. Er stand auf und griff nach dem Foto. Bevor er damit zur Sitzecke zurückkehrte, machte er einen Schlenker an der mobilen Bar vorbei und gönnte sich den nächsten Drink. Mit dem Scotch in der einen und der Fotografie in der anderen Hand setzte er sich neben Paul auf das Sofa.

»Das waren wir, als die Welt noch in Ordnung war«, erklärte er bedeutungsschwanger.

»Sie vermissen diese Zeiten, was?«, meinte Paul.

»Ja«, sagte Welker versonnen und fuhr mit seinem Zeigefinger über das Bild. »Das ist Otto Hagenau, unser Stadtrat. Er hat's von uns allen am weitesten gebracht. Hätte auch das Zeug für mehr gehabt.« Er schmunzelte. »Viele haben ihn damals den heimlichen Innenminister des Rathauses genannt. Recht und Ordnung in unserer Stadt, das war ihm heilig. Sogar der Gerold Tandler hat mal seinen Rat eingeholt.«

»Tandler ...« Pauls Erinnerungen gaben bei diesem Namen nicht viel her.

»Staatsminister des Innern von 1978 bis '82 unter FJS«, belehrte ihn Welker, um gleich darauf seine

Bilderklärung fortzusetzen: »Und hier der Karl, unser Kommissar. Damals, als das Foto entstand, noch Polizeikommissaranwärter. Auch er zuverlässig und loyal durch und durch. Genau wie Walter Helmbrecht, der als Polizeioberwachtmeister saubere Arbeit geleistet hat. Pflichtbewusst, engagiert und loyal bis ins Mark, wie es heute wohl kaum noch ein Polizist ist.« Er seufzte. »Dieser hier, tja, das ist unser Bernhard. Als Amtmann im Justizvollzugsdienst hat er der Gesellschaft einen großen Dienst erwiesen. Ein Topmann in seinem Beruf. Wenn er nicht so an Nürnberg, seiner Heimatstadt, gehangen hätte, hätte er mit einem Wechsel in die JVA Straubing aufsteigen können. Die hätte ihn zwei Gehaltsstufen höher eingruppiert.«

Erst jetzt fielen Paul zwei kleine Kreuze auf, die neben die Köpfe von Kommissar Karl Kraus und Polster gezeichnet worden waren.

»Jetzt sind wir nur noch zu dritt«, sagte Welker ermattet. »Die Einschläge kommen näher.«

Mit über achtzig, noch dazu als Mann, musste man damit rechnen, in absehbarer Zeit von dieser Welt abberufen zu werden, dachte Paul. Trotzdem gewann er erneut den Eindruck, Welker versuchte mehr auszudrücken, als seine Worte preisgaben. Es klang nicht etwa so, als würde sich der alte Herr vor seinem natürlichen Ableben fürchten, sondern als ahne er einen gewaltsamen Tod voraus – einen, der dem seiner Freunde ähnelte.

Genauso gut konnte es aber sein, dass Paul mal wieder viel zu viel in diese Situation hineininterpretierte. Denn bei einem Mensch in Trauer, der noch dazu stark alkoholisiert war, durfte man nicht jedes Wort auf die Goldwaage legen.

Trotzdem behielt er die Frage, die ihn schon die ganze Zeit beschäftigte, nicht für sich: »Hatte Herr Polster Feinde?«

Welker zuckte zusammen, und er brauchte eine Weile, um eine Antwort zu finden. »In unserem Geschäft macht man sich zwangsläufig Feinde. Unsere Aufgabe ist es, Gesetzesverstöße zu ahnden und das Verbrechen zu bekämpfen. Bernhard als Aufseher in einem Gefängnis hat sich bei manchen Verurteilten genauso unbeliebt gemacht wie ein Richter. Um also Ihre Frage zu beantworten: gewiss! Dutzende Feinde im Beruflichen.«

»Und im Privaten?«

»Wer weiß. Sind nicht oftmals die besten Freunde unsere größten Feinde?«

Wieder so eine Floskel. Paul bereute sein unbedarftes Vorpreschen. Denn dass Justizbeamte und Polizisten ebenso wie Staatsanwälte den Zorn von Kriminellen erregten, wusste er ja selbst nur allzu gut: Wie oft war es schon vorgekommen, dass Katinka Drohbriefe und -anrufe erhalten hatte? Einmal war sie sogar tätlich angegangen worden. Und Welkers Schwadronieren über falsche Freunde brachte ihn auch nicht weiter.

Nein, das war es nicht, worauf Paul hinausgewollt hatte. Er suchte nach einem ganz konkreten Anhaltspunkt. Also präzisierte er: »Gibt es womöglich eine bestimmte Sache, mit der sowohl Bernhard Polster als auch Karl Kraus zu tun hatten? Ein Ereignis, das sie nun wieder eingeholt hat? Etwas, das die beiden und vielleicht auch den übrigen Freundeskreis verbindet?«

»Heute verbinden uns nur noch die schöne Erinnerung an alte Zeiten und die Freude am Spiel.« Welker sah ihn trüb an. »Lassen Sie es gut sein, Herr Flemming.

Die Polizei geht ja wohl in beiden Fällen von Unfalltoden aus, und ich bin bereit, es zu glauben.«

Paul wusste genau, dass Welker das nicht tat. Doch hier und jetzt konnte er nichts weiter ausrichten. Denn sein Gastgeber hatte sich wieder erhoben, um auch noch den Rest der Flasche in sein Glas zu füllen. Ein vernünftiges Gespräch war nicht mehr möglich. Paul musste dem Senior Zeit geben, den ersten Schock zu verarbeiten. Er nahm sich vor, ein oder zwei Tage später wieder vorbeizukommen, um ihn erneut zu befragen, und trat den Rückzug an.

7

Auf dem Heimweg sog Paul die frische Herbstluft in tiefen Zügen ein, und nur so gelang es ihm, den eigenwilligen Geruch nach Altherrenparfüm sowie den Alkoholdunst, die Welkers Wohnung dominiert hatten, aus der Nase zu kriegen. Zu Hause traf er zeitgleich mit Katinka ein, die gerade ihren Mini einparkte. Inzwischen ging es auf neunzehn Uhr zu.

»So spät?«, fragte er und hielt die Tür auf.

»Mal wieder Überstunden. Das Verbrechen hat Hochkonjunktur und unsereins immer weniger Personal.«

Gemeinsam überlegten sie, was sie heute Abend essen könnten. Zum Kochen hatten weder Katinka noch Paul Lust, und auf die übliche Alternative ebenso wenig: Trotz der exzellenten Küche lockte sie der *Goldene Ritter* diesmal nicht.

»Ich schneide ein paar Scheiben Brot«, fand Paul eine einfache Lösung. »Ich habe heute Morgen einen frischen Laib beim Nik Schwarz in der Winklerstraße gekauft – fränkisches Bauernbrot mit Kümmel. Wurst müsste genug im Kühlschrank sein. Ein Obazda ist auch noch da.«

»Und ich richte einen Teller Rohkost her«, schloss sich Katinka an.

Während sie aßen, kamen sie auf die jüngsten Ereignisse zu sprechen.

Polsters Tod, von dem Katinka natürlich längst aus dem Flurfunk im Oberlandesgericht erfahren hatte, hing auch ihr nach. Weniger wegen Polster selbst, der ja ein gänzlich Unbekannter für sie war. Vielmehr beunruhigten sie die Folgen für Jan-Patrick: »Das sieht gar nicht gut für ihn aus«, sagte sie mit Sorgenfalten auf der Stirn. »Die Staatsanwaltschaft muss hier in jedem Fall tätig werden. Nicht ich selbst, denn so etwas fällt nicht in mein Ressort, außerdem wäre ich befangen. Aber eine Kollegin oder ein Kollege muss den Sachverhalt überprüfen. Jan-Patrick als Eigentümer wird sich nicht so leicht aus der Affäre ziehen können. Hat er sich schon einen Anwalt genommen?« Paul verneinte. Darauf griff sie zu ihrem Smartphone und durchsuchte ihre Kontakte. »Ich werde ihm zwei Kanzleien empfehlen, die auf solche Dinge spezialisiert sind.«

Paul fand das gut, weil er Jan-Patrick ja zugesagt hatte, sich darum zu kümmern. Dennoch konnte er nicht umhin, Katinka von seinen Vorbehalten gegenüber der Unfalltheorie zu erzählen. Katinka hörte zu und wurde dabei zusehends unruhiger.

»Fängst du schon wieder an, Detektiv zu spielen?«, hielt sie ihm vor, kaum dass Paul ausgesprochen hatte. »Welker am Tag nach dem Tod seines Freundes aufzusuchen zeugt nicht eben von Taktgefühl.«

»Jan-Patrick hatte mich gebeten, mir ein Bild zu machen, damit ich ihm eventuell helfen kann. Nur deswegen habe ich es getan«, rechtfertigte sich Paul.

»Schieb nicht Jan-Patrick vor. Steh einfach dazu, dass du ein unverbesserlicher Schnüffler bist.«

»Findest du es denn nicht auch seltsam, dass zwei der alten Männer kurz hintereinander einem Unfall zum Opfer gefallen sein sollen?«

»Die Polizei hat sich die Sache doch angesehen. Wären Unstimmigkeiten aufgetreten, hätte ich das längst erfahren. Das war weder beim Treppensturz von Karl Kraus der Fall, noch gibt es bei Polsters Tod irgendwelche

Zweifel. Hier gilt es einzig und allein, die Verantwortlichkeit von Jan-Patrick zu klären. Hoffentlich zu seinen Gunsten.«

»Aber soviel ich weiß, gab es beide Male keine forensischen Untersuchungen durch die Spurensicherung. Wäre das nicht das Mindeste gewesen?«, wunderte sich Paul.

»Das ist kein Standard«, klärte Katinka ihn auf. »Sieh mal: Jeder Unfall gilt als ein nicht natürlicher Tod. Das heißt: Der Arzt informiert die Polizei, und die nimmt den Unfallort in Augenschein.«

»In Augenschein ...«

»Zweck der Ermittlungen ist die Feststellung, ob Fremdverschulden vorliegt. Das kann fahrlässiges Verhalten bis hin zum vorsätzlichen Tötungsdelikt sein. Es ist auch zu prüfen, ob Unfallverhütungsvorschriften nicht beachtet wurden, was beim Treppensturz von Karl Kraus aber vernachlässigt werden kann. Kurz und gut: Die Polizeikräfte vor Ort kamen beide Male zu dem Ergebnis, dass ein Unfalltod ohne Fremdverschulden vorliegt und daher keine weitergehenden Ermittlungen notwendig sind. Abgesehen davon, dass die Haftungsfrage von Jan-Patricks Haus noch zu klären ist.«

»Und das ist alles?«

»Ja. Der Vorgang wird dann mit der Leichenbescheinigung an die zuständige Staatsanwaltschaft geschickt, und von dort erfolgt die Freigabe zur Bestattung. Gesetzlich geregelt ist das in der Strafprozessordnung und in den Landesverordnungen. Du siehst, es läuft alles völlig korrekt ab.«

Dem hatte Paul wenig entgegenzusetzen – außer seinem Gefühl und vagen Ahnungen. Sie räumten gerade den Tisch ab, als er fragte: »Kannst du dir vorstellen, dass eine besondere Verbindung zwischen den fünf Stammtischbrüdern existiert? Eine, die über die gemeinsamen Dienstjahre hinausreicht?«

»Ihre Liebe zur original Nürnberger Rostbratwurst«, machte sich Katinka lustig.

»Nein, ohne Quatsch: Erinnerst du dich zum Beispiel an einen großen Prozess, an dem sie alle beteiligt gewesen waren? Irgendetwas Besonderes, Spektakuläres?«

»Du meinst so etwas wie die Verurteilung von Al Capone? Der eine verhaftete ihn, der andere führte ihn dem Richter vor und der nächste schob vor seiner Zelle Wache?« Katinka gähnte herzhaft. »Da muss ich dich enttäuschen. Solche großen Kaliber hatten wir seit den Nürnberger Prozessen nicht mehr auf der Anklagebank sitzen. Und selbst wenn: Otto Hagenau kam als Stadtrat mit Straftätern wohl kaum in Berührung, oder?«

»Dann war es vielleicht etwas Außergerichtliches«, blieb Paul beharrlich.

Doch seine Frau winkte ab. »Nimm's mir nicht übel, aber ich habe heute keine Lust mehr, mit dir Scotland Yard zu spielen. Ich geh ins Bett. Kommst du mit?«

»Nö«, sagte Paul eingeschnappt. Denn dass Katinka so wenig Verständnis für seine Angelegenheiten aufbrachte, ärgerte ihn.

»Dann eben nicht. Gute Nacht«, sagte sie und ließ ihn allein.

Paul schaute nach, ob ein Bier im Kühlschrank stand: ja, ein Aischgründer Lager, gut gekühlt. Damit würde er den Whiskygeschmack loswerden, der ihm seit dem Besuch bei Welker an der Zunge haftete. Mit der Flasche zog er sich in seine Arbeitsnische zurück und klappte sein Notebook auf.

Indem er nacheinander die Namen der Stammtischfreunde bei Google eingab, erhoffte er sich einen Zufallstreffer. Doch leider hatten die alten Herrschaften ihre aktiven Jahre in einer Zeit vor dem Siegeszug des Internets verbracht. Die Ergebnisse bei Bernhard Polster, Herbert Welker, aber auch bei Walter Helmbrecht und Karl Kraus waren gleich null. Lediglich bei dem Namen »Hagenau« spuckte das World Wide Web ein wenig mehr aus: Der Stadtrat hatte es immerhin auf einen eigenen Wikipedia-Eintrag gebracht. Daraus ging hervor, dass er dem Jahrgang 1930 angehörte, gelernter Schlossermeister war und sich schon früh politisch engagierte: zunächst in der Jungen Union, der er bereits kurz nach deren Gründung 1947 beitrat, später dann in der Mutterpartei CSU. Als Stadtrat mischte er viele Wahlperioden lang kräftig mit und machte SPD-Oberbürgermeister Andreas Urschlechter das Leben schwer, der zwischen 1957 und 1987 die Geschicke der Stadt geleitet hatte. Laut Wiki-Eintrag hatte Hagenau zwei Söhne und war seit 1994 geschieden.

So weit, so schlecht. Denn obwohl Paul schon seit über einer Stunde das Netz durchkämmte, fand er nichts und wieder nichts, was auch nur annähernd verdächtig oder auffällig gewesen wäre. Schon gar nicht stieß er auf einen Eintrag, der eine Schnittmenge mit allen fünf eingegebenen Namen ergab. Wahrscheinlich waren die Stammtischbrüder schlichtweg zu unbekannt.

Er hatte sich gerade die zweite Flasche Bier geholt und überlegte, ob er nicht lieber einen Spätkrimi im Fernsehen anschauen sollte, anstatt weiter einem Hirngespinst nachzujagen, als er doch noch etwas entdeckte: Mehr oder weniger planlos war er die Ereignisse durchgegangen, die Nürnberg in den späten Siebziger- und den Achtzigerjahren umgetrieben hatte. Er hatte dabei speziell nach Geschehnissen Ausschau gehalten, die für einen größeren Presserummel gesorgt hatten. Denn Zeitungsartikel, selbst aus dieser lange zurückliegenden Zeit, waren erstaunlich häufig in den Weiten des Internets anzutreffen.

Das Thema, bei dem er hängen blieb, behandelte den sogenannten »Nürnberger Kessel«: die Massenverhaftung im März 1981, die als juristisch umstritten galt und für bundesweite Schlagzeilen gesorgt hatte. Nach einer Demonstration am alternativen Jugendtreff *KOMM* waren damals hunderteinundvierzig Jugendliche und junge Erwachsene in Gewahrsam genommen und teilweise erst Tage später wieder auf freien Fuß gesetzt worden. Wie wohl die meisten Nürnberger wusste Paul um diesen Vorfall, war er doch noch Jahre später immer wieder kontrovers diskutiert worden.

Besonders interessierte ihn ein zeitgenössischer Artikel aus der *Nürnberger Zeitung*. Demnach lautete damals der Name eines der Einsatzleiter vor Ort Karl Kraus, der sich als Kommissaranwärter wohl seine Sporen verdienen wollte. Und noch ein weiterer bekannter Name tauchte auf, nämlich der von Otto Hagenau, der als Politiker die Handlungen der Polizei gegenüber der Presse rechtfertigte.

Damit waren immerhin zwei von fünf »Sechs-auf-Kraut«-Mitgliedern beieinander, resümierte Paul. Nach den übrigen Namen suchte er in dem Text allerdings vergeblich. Er nahm sich zwei weitere Zeitungsberichte aus jenen Tagen vor, einen aus dem *8 Uhr-Blatt* und einen aus den *Nürnberger Nachrichten*. Aber auch hier wurden die anderen Männer mit keinem Wort erwähnt.

Aber das musste nichts heißen: Ohne von der Presse genannt zu werden, hätte in jener Nacht auch Walter Helmbrecht als Oberwachtmeister dabei gewesen sein können. Ebenso möglich war eine Beteiligung Herbert Welkers als Gerichtsdiener, denn zum Ausstellen all der Haftbefehle innerhalb nur weniger Stunden waren sicher zahlreiche Bedienstete eingespannt worden. Und natürlich hätte auch Bernhard Polster im Vollzugsdienst eine Rolle gespielt haben können.

Hätte, könnte, würde – ohne den Konjunktiv kam Pauls Hypothese nicht aus. Er musste unbedingt weitere Hinweise finden, die seine Theorie stützten.

Vom langen Starren auf den Bildschirm brannten seine Augen. Obwohl Paul glaubte, auf der richtigen Fährte zu sein, und obgleich er sich krampfhaft wachzuhalten bemühte, siegte letztlich die Müdigkeit über seine Neugierde. Er blinzelte immer öfter, während die Konzentration rapide nachließ. Dass sein Kopf langsam auf seine Arme sank, bekam er kaum noch mit.

8

Zuerst spürte er seinen Rücken, der höllisch schmerzte. Ächzend richtete Paul den Oberkörper auf und mochte es kaum glauben: So wie er war, in der Hose und dem Sweatshirt vom Vortag und mit zwei Bierflaschen vor seiner Nase, hatte er die Nacht verbracht – schlafend über seinem Laptop.

Inzwischen war es helllichter Tag. Paul stand auf, streckte sein Kreuz durch und die Arme aus und gähnte herzhaft. Dann schaute er sich nach Katinka um und rief ihren Namen. Als er an ihrer Stelle nur ein paar Frühstücksreste auf dem Tisch fand, sah er auf die Uhr: fast elf! Das hieß, dass seine Frau längst im Gericht sein musste. Warum hatte sie ihn nicht geweckt?, fragte sich Paul und gab sich selbst die Antwort: Wahrscheinlich hatte sie es versucht, ihn an der Schulter gerüttelt, es angesichts der leeren Bierflaschen aber aufgegeben.

Noch immer unter der Verspannung seines Rückens leidend, schlurfte Paul ins Bad. Er steckte einen Bürstenkopf auf die elektrische Zahnbürste, drückte einen Streifen Zahnpasta darauf und schob sie in den Mund. Erst jetzt hob er den Blick und lachte unwillkürlich auf: Die Stirn seines Spiegelbilds wurde von einem knallgelben Post-it-Zettel geziert. Er zog ihn ab und las, was draufstand:

»Ruf mich an! Kati«

Nichts lieber als das, dachte Paul, denn er wollte mit ihr so bald wie möglich über seine Rechercheergebnisse von gestern Abend sprechen. Die Verbindung von immerhin zwei Stammtischbrüdern zum *KOMM*-Skandal erschien ihm auch heute, nachdem er eine Nacht darüber geschlafen hatte, vielversprechend.

Also zog er sich einen Kaffee aus der Maschine, schnappte sich das Telefon und gab die vertraute Nummer von Katinkas Büro ein. Katis strenge Vorzimmerdame ließ ihn ausnahmsweise nicht am langen Arm verhungern, sondern stellte ihn ganz ohne Wenn und Aber durch.

»Na, auch schon wach?«, fragte Katinka spitz.

»Wer bis spät in die Nacht arbeitet, darf auch mal ein Langschläfer sein.«

»Verwechsle dein Hobby bitte nicht mit Arbeit. Was du machst, ist dein reines Privatvergnügen.«

»Wie auch immer: Ich bin da auf etwas gestoßen.«

Doch Katinka hatte nicht das geringste Interesse daran: »Es gibt jetzt Wichtigeres«, bügelte sie ihn ab. »Du wirst es kaum glauben, aber weißt du, was passiert ist?«

Aus ihrem freudigen Tonfall schloss Paul, dass sie ihm keine Hiobsbotschaft verkünden würde. »Nein«, sagte er. »Verrätst du es mir?«

»Alex hat Hannah einen Verlobungsring geschenkt!«, erklärte sie verzückt. »Ist das nicht superromantisch?«

Also doch eine Hiobsbotschaft! »Was soll das bedeuten?«

»Das soll bedeuten, dass die beiden verlobt sind, Paul! Ist das nicht schön? Gefeiert werden soll natürlich auch.«

Paul brauchte eine Weile, um die Nachricht zu verdauen. Zaghaft merkte er an: »Ist Verloben nicht total out? Ich meine: Wer tut so was heute noch?«

»Nein, Paul, eine Verlobung ist absolut im Trend«, belehrte ihn Katinka. »Die jungen Leute haben ihre Einstellung zu den klassischen Werten und Tugenden überdacht, und ich finde das – wie schon gesagt – überaus romantisch.« Sehr betont fügte sie hinzu: »Das ist wahre Liebe, Paul.«

Paul überlegte, was er dem entgegensetzen konnte, traute sich jedoch nicht, sich auf eine Debatte über Romantik einzulassen. Das brauchte er auch nicht, denn Katinka war gedanklich schon einen Schritt weiter:

»Die Feier soll im *Goldenen Ritter* stattfinden, darüber waren sich die beiden sehr schnell einig. Aber natürlich kann man sie nicht mit den Planungen alleinlassen. Da ich beruflich gerade sehr eingespannt bin, fände ich es gut, wenn du ihnen hilfst. Greif ihnen ein wenig unter die Arme und sprich mal mit Jan-Patrick, welche Ideen er für die Verlobung hat. Menü oder Büfett – er wird schon die richtige Wahl treffen. Am Geld soll es jedenfalls nicht scheitern, da schießen wir gern zu.«

»Tun wir das?«

»Ja!«

»Okay, wenn alles schon beschlossene Sache ist, werde ich mich nicht querstellen«, lenkte Paul ein. »Wann soll die Party denn steigen, und wer ist eingeladen?«

»Keine Sorge, es wird nur im kleinen Kreis gefeiert. Die nahe Verwandtschaft kommt, ein paar gute Freunde. Das war's auch schon, denn man braucht ja noch Steigerungsmöglichkeiten für die Hochzeit.«

»Und wann geht das Ganze über die Bühne?«, wiederholte Paul.

»Nächstes Wochenende«, ließ Katinka die Bombe platzen.

»Was?« Paul starrte entsetzt auf den Hörer. »So schnell? Ist das nicht etwas überstürzt?«

»Die beiden sind jung, flexibel und spontan. Sie wollen es so.«

»Dann bleiben ja gerade mal ein paar Tage für die Vorbereitungen.«

»Gut gerechnet.«

Hannah hatte sich verlobt! Wüsste Paul es nicht besser, hätte er eine solche Vorstellung ins Reich der Fabeln und Legenden verwiesen. Nie und nimmer hätte er mit so etwas gerechnet.

Nach dem recht abrupten Ende des Telefonats mit Katinka und einem späten Frühstück beschloss er, um des lieben Friedens willen auf den Vorschlag seiner Frau einzugehen und die Vorbereitungen in die Hand zu nehmen. Er suchte das Gasthaus in der Irrerstraße auf, in dem um diese Tageszeit vorwiegend ausländische Touristen speisten und einige Geschäftsleute zum Businesslunch eintrafen. Jan-Patrick, wohl gebrieft von Katinka, hatte bereits eine komplette Menüfolge ersonnen. An einem kleinen Tisch nahe der Küche setzte er sich Paul gegenüber und legte los:

»Mit einem Wildkräutersalat geht's los, versehen mit meiner neuesten Dressingkreation. Forsch und frisch, genau das, was die junge Generation will. Dann folgt ein Süppchen, wahrscheinlich eine leichte Bouillon, aber mit Pfiff. Anschließend kommt Fisch auf den Tisch. Wir sind ja mitten in der Karpfenzeit, deshalb kredenze ich goldgelb gebackenes Filet mit Schwarzwurzel, Granatapfelkernen und Vanille-Kakao-Crème. Ich hab's neulich ausprobiert: ein Gedicht!«

»Aber, Jan-Patrick, meinst du nicht auch, dass ...«, setzte Paul an, dem alles viel zu schnell ging. Doch der Wirt ließ sich nicht unterbrechen:

»Rindermedaillons mit Portweinsauce und Bohnenstampf sind der Hauptgang. Nur beim Dessert bin ich nicht sicher: Gewürzbirnen an Vanilleeis erscheinen mir schon recht winterlich. Da suche ich lieber nach einer herbsttypischen Alternative.«

Paul schwor auf Jan-Patricks Küche, doch gerade war sie ihm herzlich egal. »Ich finde Verlobungen im Allgemeinen total spießig und im Speziellen verfrüht. Hannah ist noch nicht so weit«, sagte er, als Jan-Patrick endlich schwieg.

Der Wirt legte die handbeschriebenen Zettel mit der Speiseauswahl beiseite und sah ihn aufmerksam an. »Höre ich da den fürsorglichen Vater heraus, der sein Töchterchen nicht loslassen will?«

»Hannah ist nicht meine leibliche Tochter, wie du weißt.«

»Stimmt! Und ich weiß auch, dass sie dem Teenageralter längst entwachsen ist. Sie kann frei entscheiden, an wessen Seite sie durchs Leben gehen will. Alex ist nicht die schlechteste Wahl.«

»Meinst du wirklich?«

»Ja. Ich finde Alex okay: adrett, aufgeschlossen, und einen feinen Humor hat er auch.«

Paul verzog den Mund. »Mit einem Wort: Superman.«

»Verkneif dir deine stiefväterliche Eifersucht«, riet Jan-Patrick. »Gönn den beiden ihr Glück und hilf dabei, ihre Verlobungsfeier zu einem unvergesslichen Tag zu machen.«

Paul fiel es schwer, sich mit diesem Gedanken anzufreunden. Auch wenn er Hannah gewiss nicht im Weg stehen und kein Spielverderber sein wollte, hielt er ihr Vorhaben für einen Schnellschuss. Die Entscheidung einer frisch Verliebten, die ihren vermeintlichen Traummann durch rosarote Brillengläser sah. Nein, die drohende Familienfeier behagte ihm ganz und gar nicht.

Er suchte nach einer Möglichkeit, das Thema zu wechseln, und fand sie in der Bratwurstrunde, die ihn bis spät in die Nacht hinein beschäftigt hatte. Das entspannte Lächeln verschwand abrupt aus dem Gesicht seines Freundes.

»Musst du mich daran erinnern?«, hielt Jan-Patrick ihm vor. »Ich kann kaum schlafen, so sehr plagt mich das schlechte Gewissen wegen des Todes von Herrn Polster.«

»Um dir dabei zu helfen, dein Gewissen zu erleichtern, bin ich an der Sache drangeblieben«, erklärte Paul.

»Hast du etwas finden können, das mir hilft? Aber was sollte das schon sein?«

»Ich bin auf etwas recht Interessantes gestoßen: Mindestens zwei deiner Stammtischopas hatten eine gemeinsame Vergangenheit.«

»Das ist nichts Neues: Ihre Vergangenheit hatten sie doch alle gemein«, gab Jan-Patrick enttäuscht von sich. Er konnte nicht ahnen, worauf Paul anspielte.

»Nein, ganz konkret: Es geht um die Massenverhaftungen am *KOMM*. Erinnerst du dich daran? Ich habe diesbezüglich ein wenig in der Vergangenheit gestöbert.«

Der Küchenmeister nickte verhalten. »Ja, dieses unschöne Ereignis muss in die Amtszeit meiner Gäste gefallen sein. Vielleicht hatte der ein oder andere von ihnen damit zu tun.« Nach kurzem Innehalten fügte er hinzu: »Eine wilde Geschichte.«

»Das kann man wohl sagen: Ich kenne zwar nicht die Details, aber eine so große Zahl Jugendlicher einfach so wegzusperren ist doch wohl ziemlich unverfroren und selbst nach so langer Zeit noch unbegreiflich.«

Jan-Patricks Mundwinkel rutschten nach unten. »Meinst du? Ich sehe das anders. Nürnberg stand in diesen Jahren dicht davor, vom linken Pöbel überrannt zu werden. Die Typen, die sich im *KOMM* herumgetrieben haben, waren das Hinterletzte. Junkies, politische Aufwiegler, ja sogar Terroristen sollen sich da unters Volk gemischt haben. Da braute sich was zusammen. Man fühlte sich ja damals nicht mehr sicher in den Straßen. Der Staat konnte gar nicht anders, als Zähne zu zeigen.«

Paul neigte prüfend den Kopf, als er fragte: »Ist das deine persönliche Auffassung, oder hast du das bei den Stammtischbrüdern aufgeschnappt?«

Jan-Patrick plusterte sich auf: »Als ob ich das nötig hätte! Ich muss mir meine Meinung nicht von irgendwelchen Bierrunden abgucken!«

Paul wusste ja, dass sein Freund von jeher dem konservativen Lager zugeneigt war. Aber nach allem, was Paul von den damaligen Ereignissen bekannt war, lag Jan-Patrick hier falsch. »Diese Polizeiaktion war überzogen«, redete er auf den Küchenchef ein. »Mag sein, dass die Stimmung aufgeheizt und das politische Klima gereizt war. Aber die Verantwortlichen haben seinerzeit vollkommen überreagiert.«

Der Wirt gab sich trotzig: »Was wäre denn geschehen, wenn die Beamten nicht eingegriffen hätten? Dann wäre eine Truppe hochaggressiver Marodeure durch die Stadt gezogen ...«

»Plündernd und brandschatzend«, machte sich Paul lustig.

»Es sind Schaufenster zu Bruch gegangen!«, entgegnete Jan-Patrick bitterernst.

Paul wollte keinen Streit riskieren und lenkte ein, indem er fragte: »War das *KOMM* des Öfteren Thema bei deinen Gästen?«

Jan-Patrick ließ Luft ab und antwortete nun schon wieder deutlich entspannter: »Selten, eigentlich so gut wie nie. Ich glaube, die Herrschaften redeten nicht gern über dieses dunkle Kapitel ihrer Vergangenheit.«

Nun also doch ein »dunkles Kapitel«, trumpfte Paul im Stillen auf und schob die nächste Frage nach: »Du meinst, dass sie es nicht bloß vergessen, sondern bewusst verdrängt haben?«

»Das wollte ich damit nicht sagen, Paul. Dreh mir nicht das Wort im Mund um. Es hat bei ihren Treffen bloß kaum eine Erwähnung gefunden. Beim Karteln redet man halt nicht so viel.«

»Generell nicht oder nur nicht über die Massenverhaftung?«

»Du weißt doch selbst, wie das läuft: Entweder man zockt oder man quatscht. Beides zusammen passt nicht. Schon gar nicht in einer Männergruppe.« Nach kurzem Nachdenken räumte er immerhin ein: »Beim Bratwurstessen haben sie mitunter in Erinnerungen geschwelgt. Da habe ich öfter mal was aufgeschnappt beim Bedienen.«

»Aber das *KOMM* blieb ausgeblendet?«

»Ja«, quälte sich Jan-Patrick eine Bestätigung ab, schob jedoch gleich nach: »Das will nichts heißen.«

Paul hatte sich schon viel zu stark in seine Idee verbissen, um Jan-Patrick zuzustimmen und die Sache auf sich beruhen zu lassen. Es juckte ihn in den Fingern, zu klären, ob er auf der richtigen Spur war oder nicht. Dabei wollte er nichts auf die lange Bank schieben, sondern unverzüglich die Meinung eines der Beteiligten einholen. Am besten wäre es wohl, wenn er den alten Whiskyfreund Herbert Welker noch einmal aufsuchte. Nach Pauls nächtlicher Internetrecherche waren von den Ermittlungsrichtern damals wie am Fließband Haftbefehle hektografiert worden, ohne Zeugenaussagen zur Kenntnis zu nehmen oder Einzelfälle zu prüfen. Paul hielt es nicht für ausgeschlossen, dass Welker in jener Nacht fleißig mitgemischt hatte, und sei es nur als Bote.

»Wo willst du hin?«, fragte Jan-Patrick, als Paul unvermittelt aufstand.

»Zu einem deiner Dauergäste: Herbert Welker«, antwortete Paul entschlossen.

»Noch einmal? Du warst doch erst gestern bei ihm?«

»Doppelt hält besser.«

»Vergraul ihn mir ja nicht«, ermahnte ihn der Wirt. »Stammkundschaft ist nicht mit Gold aufzuwiegen.«

9

Paul ging zu Fuß, denn Welkers Wohnung lag ja gleich auf der anderen Seite des Burgbergs. Unterwegs rief er sich die überschaubaren Fakten zum »Nürnberger Kessel« in Erinnerung, die er am Vorabend im Halbschlaf aufgenommen hatte. Demnach war die öffentliche Meinung anfangs durch sehr unterschiedliche Informationen geprägt und wohl auch gespalten worden. Einerseits hieß es, dass einige Geständnisse von inhaftierten Demonstranten nur durch an Nötigung grenzende Beugehaft zustande gekommen wären. Auf der anderen Seite waren unter den Teilnehmern mindestens drei Personen identifiziert worden, die der terroristischen Szene zugerechnet werden konnten, was Jan-Patricks Haltung bekräftigte. Angeblich »Topleute aus dem Umfeld der RAF«, wie ein Polizeisprecher von der Presse zitiert wurde. Beides schwerwiegende Argumente mit völlig unterschiedlicher Ausrichtung. Paul hatte also allen Grund, Welker möglichst neutral und unvoreingenommen zu begegnen.

Als er Welkers Wohnhaus erreichte, legte er sich die Worte zurecht, mit denen er das Gespräch einleiten wollte. Da die Haustür offen stand, ging Paul gleich hinauf bis zur Wohnung des ehemaligen Gerichtsdieners. In Gedanken gute dreißig Jahre in der Vergangenheit versunken, klingelte er und wunderte sich zunächst nicht darüber, dass niemand öffnete. Erst als er noch einmal und dann ein weiteres Mal geläutet hatte und sich immer noch nichts rührte, kehrte er in die Gegenwart zurück.

Ob die Welkers nicht zu Hause waren?, fragte er sich. Einkaufen? Spazieren? Oder war Welker auf dem Weg zu seinem Stammtisch? Aber nein, heute war ja nicht Dienstag, außerdem müsste dann zumindest seine Frau da sein.

Während Paul über den Grund für Welkers Abwesenheit nachdachte, lehnte er sich an die Wohnungstür. Diese gab unerwartet nach und schwang auf. Paul stutzte, als er den menschenleeren Flur vor sich sah.

»Hallo?«, rief er zunächst verhalten und mit kaum erhobener Stimme. Dann ein zweites Mal, lauter.

Nichts.

Er haderte mit sich selbst. Sollte er hineingehen? Einen Hausfriedensbruch in Kauf nehmen? Lieber nicht. Denn dass die Tür nur angelehnt gewesen war, konnte ja vielerlei Gründe haben: ein Versehen beispielsweise, oder Welker hatte sie bewusst nicht zugesperrt, weil er nur kurz fort war. Im Wäschekeller oder auf dem Speicher, um ... – ja, um was? Paul fiel kein nachvollziehbarer Grund ein. Außerdem hatte längst seine Neugierde die Regie seines Verhaltens übernommen. Und die sah vor, dass er Welkers Wohnung betreten und nach ihm suchen würde.

»Hallo?«, rief er ein drittes Mal. »Sind Sie zu Hause, Herr Welker?«

Er überwand die letzten Skrupel und setzte behutsam einen Fuß vor den anderen. Während er den Gang durchquerte, rief er abermals, ohne eine Antwort zu erhalten. Paul erreichte auf der rechten Seite eine Tür, an die er klopfte und die er dann öffnete: das Gäste-WC. Leer. Er ging weiter, pochte an die nächste Tür, diesmal zu seiner Linken: die Küche, ebenfalls verwaist.

»Herr Welker! Ich bin es, Paul Flemming.«

Am Ende des Flurs erwartete ihn die Tür zum Wohnzimmer. Dort hatte er am Vortag mit Herbert Welker gesessen und Hochprozentiges aus dessen Hausbar probiert. Auch an diese Tür klopfte Paul, bevor er sie öffnete.

Schon beim Eintreten überkam ihn ein seltsames Gefühl. Seine Nackenhärchen stellten sich auf, ein eiskalter Schauder ließ ihn erzittern. Er witterte Unheil, und seine Ahnung sollte sich bewahrheiten.

Hier, im Wohnzimmer, fand er den alten Gerichtsdiener unmittelbar neben einem umgekippten Stuhl. Welker lag bäuchlings auf dem Boden, die Gliedmaßen unnatürlich verrenkt, den Kopf zur Seite gedreht. Seine Augen waren weit geöffnet, die Gesichtszüge verzerrt.

Ein schrecklicher Anblick! Paul musste mehrmals tief ein- und wieder ausatmen, um den Schock zu überwinden. Zunächst war er außerstande, irgendetwas zu tun, und rührte sich nicht vom Fleck. Was war geschehen?

Paul sah nach oben auf die freigelegte Fassung der Deckenbeleuchtung. Er zählte eins und eins zusammen und folgerte: Tod durch elektrischen Schlag. Ein Haushaltsunfall. Oder aber der dritte Mord!

10

»Es ist okay, dass du mich verständigt hast, Paul«, sagte Jasmin Stahl und schaute dabei dem Notarzt über die Schulter, der gerade den Totenschein ausfüllte. »Aber das hier wäre eigentlich eine Sache für den Kriminaldauerdienst gewesen.«

Paul sah die Kommissarin mit dem kurzen, fuchsroten Haar und den frechen Sommersprossen herausfordernd an. »Nichts für ungut, Jasmin, doch eure Jungs vom Dauerdienst hätten Welkers Tod als Unfall abgetan.«

»Womit sie auch richtiggelegen hätten«, sagte Jasmin völlig unaufgeregt. »Genau das trägt der Arzt nämlich gerade in den Schein ein.«

»Tod durch Stromschlag?«, fragte Paul ungläubig.

»Nein, Tod durch Genickbruch«, korrigierte ihn Jasmin. »Wie es aussieht, wollte Herr Welker eine Glühbirne wechseln, versäumte es aber, zuvor die Sicherung abzuschalten. Er bekam einen Schlag, erschrak und fiel von dem Stuhl, auf dem er gestanden hatte. Dabei schlug er mit dem Hinterkopf heftig auf die Stuhllehne auf.« Sie deutete auf die Blut- und Haarreste, die an der Lehne des umgekippten Stuhls klebten. »Ein selbst verschuldeter Tod. Daran gibt es keinerlei Zweifel.«

»Aber natürlich gibt es Zweifel!«, protestierte Paul. »Jede Menge sogar. Drei Männer, die eine langjährige Freundschaft verband, starben kurz hintereinander. Angeblich bei Unfällen. Aber so viele Unglücksfälle auf einmal kann es gar nicht geben. Benutz doch bitte mal deinen gesunden Menschenverstand! Hier stimmt etwas nicht.«

»Da liegst du falsch.« Jasmin versetzte Paul einen aufmunternden Klaps auf die Schulter. »Unfälle wie dieser passieren in einer Großstadt wie Nürnberg täglich. Glaubst du wirklich, dass jedes Mal ein Meuchelmörder seine Hände im Spiel hat?«

Als sie ihre Hand zurückziehen wollte, hielt Paul sie am Ärmel ihres Jacketts fest und bugsierte sie außer Hörweite des Notarztes. Im Flur redete er auf sie ein und bekräftigte seine Behauptung eines Zusammenhangs mit dem Tod der anderen beiden Senioren: »Natürlich passieren tagtäglich Unfälle, das stelle ich gar nicht infrage. Aber das hier ist etwas anderes: Wenn drei enge Freunde in kürzester Zeit eines nicht natürlichen Todes sterben, sollte man misstrauisch werden. Da kommen Erinnerungen an Agatha Christies Roman *Zehn kleine Negerlein* auf, findest du nicht auch?« Eindringlich sah er sie an: »Das hat mit Zufall nichts mehr zu tun.«

Jasmin zuckte die Schultern. »Auch bei den beiden anderen hat es ja offenbar keinen Anhaltspunkt für Ermittlungen gegeben. Zumindest habe ich nichts davon gehört. Also handelt es sich höchstwahrscheinlich um eine willkürliche Aneinanderreihung von Unglücksfällen, wenn auch von ziemlich tragischen.«

»Nehmt doch wenigstens Fingerabdrücke«, appellierte er an sie.

»Wozu? Wir würden doch bloß die des Verstorbenen, seiner Frau und die von dir finden.«

»Ich kann wirklich nicht verstehen, warum du dich so sträubst. Karl Kraus war der erste Tote. Gerade bei einem ehemaligen Kommissar, einem Kollegen also, ist die Polizei doch normalerweise gleich doppelt alarmiert. Aber was habt ihr unternommen? Nichts!« Da Jasmin nicht darauf einstieg, versuchte Paul sie bei der Berufsehre zu packen: »Willst du denn gar nicht wissen, wie ich in Welkers Wohnung gekommen bin? Ich meine: Theoretisch hätte ich mir als Einbrecher Zutritt verschaffen und Welker ermorden können, um es anschließend so zu arrangieren, dass es wie ein Unfall aussieht.«

Jasmin lächelte schief. »Wenn es sich so abgespielt hat, warum bist du dann noch hier? Du hättest nach deiner Tat flüchten müssen, ansonsten wäre all die Mühe mit dem nachgestellten Unglück umsonst gewesen. Abgesehen davon gibt es keine Einbruchspuren, soweit ich gesehen habe.«

Paul schüttelte angesichts von so viel Ignoranz den Kopf. »Jasmin, nimm das nicht auf die leichte Schulter. Die Tür war nur angelehnt, als ich ankam. Ich konnte einfach so hereinspazieren. Das hätte auch jeder andere tun können.«

»Alte Menschen sind häufig vergesslich. Es kommt leider oft vor, dass sie versäumen, die Tür zuzusperren. Du musst dich mal mit meinen Kollegen vom Einbruchsdezernat unterhalten, die könnten dir ein Lied davon singen, wie unvorsichtig viele Senioren sind.«

Paul schnaufte resigniert. »Du willst mir einfach nicht glauben.«

»Mit Glauben hat mein Beruf herzlich wenig zu tun, Paul. Und das ist auch gut so. Wenn ich meine Fälle rein nach Gefühl lösen würde, wäre ich fehl am Platz. Ich beurteile nach Sachlage, und die sagt mir hier, dass der arme Herr Welker ganz einfach nicht aufgepasst und seine Unvorsichtigkeit mit dem Leben bezahlt hat.«

Paul unternahm einen letzten Anlauf: »Willst du nicht doch die Spurensicherung durch die Wohnung schicken?«

Jasmin verdrehte die Augen: »Weißt du, was das für ein Aufwand wäre, die Spusi hier antanzen zu lassen? Mein Chef, Hauptkommissar Schnelleisen, würde mir diesen ungerechtfertigten Einsatz glatt vom Gehalt abziehen. Auch die Polizei kann nicht mit ihrem Etat aasen. Wir haben Budgets, genau wie jede andere Behörde.«

»Trotzdem«, beharrte Paul. »Ich bestehe darauf. Wenn du es nicht tust, dann ...«

»Dann was?« Böse funkelte sie ihn an.

»Dann wende ich mich an höhere Instanzen.«

Jasmin stemmte ihre Fäuste in die Hüften. »Das würdest du nicht wirklich tun. Oder?«

Paul schaute weg. Er bereute seinen letzten Satz. »Nein. Natürlich nicht. Es ist mir nur so rausgerutscht. Entschuldige bitte.«

Jasmin nickte, blickte sich noch einmal in dem Wohnzimmer um, seufzte gut vernehmlich und sagte zu Pauls Überraschung: »Okay, du hast gewonnen. Ich werde eine kriminaltechnische Untersuchung anordnen, sonst lässt du mir eh keine Ruhe. Sieh es als Gefälligkeitsdienst. Aber erwarte dir nicht zu viel davon. Ich jedenfalls gehe nicht davon aus, dass etwas Verwertbares dabei herauskommt.«

Er wollte sich für ihr Entgegenkommen bedanken, doch als aus dem Treppenhaus zunächst Schritte und dann das besorgte Rufen einer Frau zu hören waren, versetzte ihm Jasmin einen Stoß an den Unterarm und sagte: »Verschwinde jetzt! Frau Welker kommt nach Hause. Ich muss ihr schonend beibringen, dass ihr Mann einen Unfall hatte.«

Paul kehrte Jasmin den Rücken. Da hörte er sie noch sagen: »Dieses Buch von Agatha Christie – ich kenne es nicht. Kannst du es mir mal leihen?«

Ziemlich ernüchtert trat Paul den Rückzug an. Unschlüssig darüber, was er als Nächstes tun sollte, trottete er mehr oder weniger ziellos davon. Er hatte mehr denn je den Eindruck, dass er einem Phantom hinterherjagte. Einem bösen Geist, dessen hinterhältiges Treiben niemand außer ihm selbst zu bemerken schien. Waren alle anderen blind für die Wahrheit, oder musste er den Fehler bei sich selbst suchen? Konnte es sein, dass ihm die Einbildung und seine zugegebenermaßen ziemlich ausgeprägte Phantasie einen Streich spielten?

Im Fotostudio warteten etliche unerledigte Aufträge auf ihn, Retuschen und die Buchhaltung. Und daheim müsste die Hausarbeit erledigt werden, die Wäsche türmte sich bereits im Keller. Aber Paul stand der Sinn weder nach dem einen noch nach dem anderen. Denn die plötzlichen Todesfälle ließen ihm einfach keine Ruhe.

Also setzte er sich, kaum dass er sein Atelier am Weinmarkt betreten hatte, an seinen Computer und suchte nach den Kontaktdaten vom nächsten Stammtischbruder: Expolizeioberwachtmeister Walter Helmbrecht. Paul nahm das Telefon zur Hand und wählte ganz spontan die im Internet gefundene Telefonnummer. Was genau er sagen wollte, überlegte er sich erst, als es schon tutete.

»Helmbrecht«, meldete sich eine sonore und resolut klingende Stimme schon nach dem zweiten Rufzeichen.

Paul nannte seinen Namen und gab vor, ein flüchtiger Bekannter von Bernhard Polster gewesen zu sein: »Ich bin derjenige, der ihm eine Woche vor seinem tödlichen Unfall geholfen hatte, einem herabfallenden Fensterladen auszuweichen.«

»Soso. Davon habe ich gehört«, sagte Helmbrecht.

Paul meinte aus Helmbrechts kurzer Antwort die Aufforderung herauszuhören, zügig mit dem Grund seines Anrufs herauszurücken. »Leider muss ich Ihnen eine traurige Nachricht überbringen«, leitete er behutsam ein. »Ein weiterer Freund von Ihnen, Herbert Welker, ist verstorben. Erst vor wenigen Stunden.«

Für einen kurzen Moment blieb es still. Dann die harte, drohend klingende Stimme Helmbrechts: »Ich kenne Sie nicht, Herr Flemming. Aber wenn Sie glauben, einem alten Mann einen Streich spielen zu müssen, sind Sie an den Falschen geraten. Ihre Nummer sehe ich hier auf dem Display. Ich werde Sie anzeigen wegen Telefonterrors!«

Ruhig Blut, ermahnte sich Paul selbst und sagte so sachlich wie möglich: »Leider ist es die Wahrheit. Herr Welker ist beim Wechseln einer Glühbirne tödlich gestürzt. Wenn Sie das überprüfen möchten, rufen Sie im Präsidium an und verlangen nach Kriminaloberkommissarin Stahl. Sie war vor Ort.«

Wieder schwieg Pauls Gesprächspartner, bevor er patzig hervorbrachte: »Weshalb sollte eine Kommissarin dabei gewesen sein? Sie sprachen doch von einem Unfall.«

»Ich habe den Toten gefunden und Frau Stahl alarmiert.« Als Helmbrecht darauf nichts erwiderte, machte Paul einen Vorschlag: »Ich weiß nicht, wie es Ihnen bei dieser Sache geht, Herr Helmbrecht, aber ich an Ihrer Stelle würde mir Sorgen machen. Dass drei Ihrer Stammtischkollegen kurz hintereinander gestorben sind, ist mir nicht geheuer.«

Eine Weile herrschte Stille in der Leitung. »Was deuten Sie damit an?«, fragte der ehemalige Oberwachtmeister schroff. »Wollen Sie mir Angst machen?«

»Nein«, beeilte sich Paul zu versichern. »Das liegt mir fern. Aber ich würde mich gern mit Ihnen treffen, um mit Ihnen darüber zu reden. Ich verfolge eine ganz bestimmte Theorie.«

»Wir sprechen doch jetzt schon miteinander«, kam es abweisend zurück. »Und was soll der Unsinn mit der Theorie?«

»Ich dachte an ein ausführliches Gespräch, von Angesicht zu Angesicht. Möglicherweise gibt es eine Verbindung zwischen Ihnen allen. Diese Verbindung könnte der Grund dafür sein, weshalb die Todesfälle in einem Zusammenhang stehen.«

»Reden Sie keinen Quatsch, es gibt keinen Zusammenhang! Wir waren Kollegen und alte Freunde. Das ist alles«, schimpfte Helmbrecht. »Ich verbitte mir jede weitere Einmischung in mein Privatleben.«

»Wenn Sie mich wenigstens anhören würden, könnte das vielleicht manche offene Frage klären«, appellierte Paul. »Ich meine einen Bezug zu einem Ereignis in den frühen Achtzigerjahren herstellen zu können, an dem die meisten von Ihnen beteiligt gewesen waren. Die Massenverhaftung ...«

Weiter kam Paul nicht, denn Helmbrecht fuhr ihm herrisch ins Wort: »Sie sind ja nicht ganz bei Trost! Lassen Sie mich gefälligst in Frieden mit Ihren Hirngespinsten! Oder sind Sie etwa Journalist und arbeiten für die verdammte Lügenpresse? Unverschämtheit!« Damit knallte er den Hörer auf die Gabel. Dieser Schuss war ja wohl nach hinten losgegangen, musste sich Paul eingestehen. Er würde mit Engelszungen auf Helmbrecht einreden müssen, wenn er es ein zweites Mal bei ihm versuchen wollte.

Ein leichtes Hungergefühl brachte Paul auf andere Gedanken. Er schlüpfte wieder in seine Jacke, die er nachlässig über ein Scheinwerferstativ geworfen hatte, und lief die Treppen hinunter. Er schlug den Weg in Richtung Hauptmarkt ein, wo er sich entweder eine Bratwurstsemmel oder einen Burger holen würde. Die Drei im Weckla, frisch vom Grill beim *Bratwursthäusle*, machten das Rennen, und Paul überlegte, dass es nun nicht mehr weit bis zur Redaktion der Zeitung war, für die sein alter Bekannter Victor Blohfeld arbeitete. Dieser Archetyp des klassischen Lokaljournalisten, einer aussterbenden Rasse, hatte sicherlich schon in den Achtzigern als Polizeireporter sein Unwesen getrieben. Über die *KOMM*-Verhaftungen und die Hintergründe müsste er daher gut im Bilde sein.

Kurz entschlossen machte Paul einen Schlenker und stand wenige Minuten später vor dem Zeitungsgebäude. Die Dame am Empfang kannte ihn bereits und ließ ihn passieren. Kaum hatte Paul die Lokalredaktion betreten, schlug ihm kalter Tabakrauch entgegen.

»Herrscht bei Ihnen etwa immer noch kein Rauchverbot?«, fragte Paul und reichte Blohfeld die Hand.

Der hagere Reporter lehnte am Türrahmen seines Einzelbüros, einem vor Akten und Papierstößen überquellenden Verschlag. »Doch, doch«, antwortete er verschmitzt. »Unser Redaktionsleiter Andi Schock, ein leidenschaftlicher Nikotingegner, achtet sogar besonders streng darauf. Wegen seiner Fürsorgepflicht gegenüber den Mitarbeitern, wie er es nennt. Ich mache mir einen Sport daraus, immer dann eine meiner Zigarren anzuzünden, wenn er in der Nähe ist, und genieße seine Tobsuchtsanfälle. Ich muss mich halt wehren, wenn ich nicht vor die Hunde gehen will. Ständig wird meine Arbeit infrage gestellt, andauernd muss ich mich mit versponnenen Neuerungen herumplagen.«

»Zum Beispiel?«, fragte Paul, amüsiert darüber, wie sich der Mittfünfziger echauffieren konnte.

»Schock hat ein Fortbildungsseminar belegt. Zurückgekommen ist er mit der Idee einer völlig neuen regionalen Tageszeitung. Mit weniger Ballast und Pflichtstoff, wie er es ausdrückt.«

»Was muss man sich darunter vorstellen?«

»Der Nachrichtenteil wird kräftig ausgedünnt, dafür gibt es mehr Platz für eigene Reportagen und Hintergründe.«

»Das klingt doch gar nicht schlecht.«

»Warten Sie ab, das dicke Ende kommt noch: Das Visuelle soll dem Text gleichgestellt werden, ein Tribut an den lesefaulen Nachwuchs. Die Zahl der Artikel sinkt damit um die Hälfte. Ein Fehler, wenn Sie mich fragen, denn damit geht der Mehrwert flöten, und die Zeitung landet nach zehn Minuten im Altpapier.« Blohfeld raufte sich das graue Haar. »Außerdem will Schock, das ich mich künftig mehr um Servicethemen kümmere. Von Tipps zur Kindererziehung bis zur cleveren Geldanlage. Ausgerechnet ich! Produziert werden soll das Ganze in einem Newsroom. Das bedeutet, dass ich über kurz oder lang mein eigenes Büro auflösen und mich mit den anderen Nasen abgeben muss.«

»Sie Ärmster«, sagte Paul. »Aber da müssen Sie durch. Die Welt verändert sich eben – oder kann es sein, dass Sie allmählich zu alt für diesen Job sind?«

Blohfeld erkannte sehr wohl die Ironie und warf Paul einen beleidigten Blick zu. »Mit dem Älterwerden habe ich überhaupt kein Problem, nur dass man es sieht, finde ich blöd.« Dann beendete er abrupt das Thema: »Was verschafft mir überhaupt die Ehre?«, fragte er und bat Paul in sein Büro, wo Paul zwei benutzte Kaffeetassen und einen Aschenbecher von einem Stuhl nehmen musste, um sich eine Sitzgelegenheit zu schaffen.

Paul sagte, dass er sich für die Nürnberger Massenverhaftung interessiere und gern mehr darüber erfahren wolle. Obwohl Blohfeld sofort eine Story für sein Blatt witterte, blieb Paul ihm die wahre Erklärung für sein Ansinnen schuldig. Er redete sich mit einem anstehenden Fotoshooting im Friedensbewegungsstil der Achtziger raus und machte dem Reporter weis, dass er dafür einfach mehr Background über diese Zeit benötigte.

Blohfeld schien die Kröte zu schlucken. »Okay«, sagte er, »ich krame für Sie in meinem Gedächtnis.«

»Danke«, sagte Paul und wunderte sich im nächsten Moment, warum der Reporter seinen Trenchcoat vom Garderobenständer nahm. »Wollten Sie mir nicht etwas erzählen?«

»Klar. Aber nicht hier. Es geht doch um ein Fotoshooting, richtig? Dann müssen Sie sich vor Ort inspirieren lassen.«

Ehe sie aufbrachen, klemmte sich Blohfeld eine Akte unter den Arm, die er zielsicher aus einem übervollen Regal fischte.

11

Um die Jahrtausendwende hatte das 1911 erbaute, ehemalige Künstlerhaus ein neues Gesicht bekommen, indem man vor das historistische Gebäude einen Glaskubus setzte. Nach Pauls Empfinden ein gewagter Schritt angesichts der prominenten Lage am Eingang zur Altstadt und gegenüber dem Hauptbahnhof. Paul hatte diesen kompromisslosen Eingriff in die Baugeschichte so gedeutet, dass rein äußerlich nichts mehr an das alte *KOMM* erinnern sollte. Und das war den Entscheidungsträgern in gewisser Weise ja auch gelungen.

Während im vorderen Teil, im sogenannten Kopfbau, nun die Tourist-Information logierte, wurde der Altbau vom *KOMM*-Nachfolger *KunstKulturQuartier* genutzt. Sie betraten den historischen Teil des Gebäudes über eine Seitengasse. Über der Tür pendelte ein Schild mit der Aufschrift »Filmhaus« im Wind. Im schmalen Treppenhaus flankierten polierte Marmorsäulen einen uralten Filmprojektor.

Paul fühlte sich befangen. Das lag nicht am Haus, in dem er als Fotograf bereits etliche Male ein- und ausgegangen war und selbst schon Vernissagen organisiert hatte. Vielmehr hatte er das merkwürdige Gefühl, mit dem Reporter nicht allein unterwegs zu sein. Schon auf dem Weg hierher hatte er sich wiederholt umgesehen, weil er meinte, von jemandem beobachtet zu werden. Doch in der Menschenmenge hatte er keinen Verfolger ausfindig machen können. Aber auch hier, im Vorraum des Kinos, wurde er das Gefühl nicht los, dass sich jemand für ihn und sein Tun interessierte. Nur: Wo war dieser Jemand?

»Alles okay mit Ihnen?«, erkundigte sich Blohfeld, dem Pauls suchende Blicke nicht entgangen waren.

»Jaja, alles bestens«, sagte Paul schnell.

»Dann wollen wir mal!« Blohfeld führte Paul geradewegs in den Kinosaal: überschaubar klein mit plüschigroten Sesseln. »Hier hat alles angefangen«, wusste der Reporter. »Hier lief der Film, der die Randale auslöste.«

»Von welchem Film sprechen Sie?«, fragte Paul und ließ sich auf einem der Sessel nieder. In der Intimität des Kinos verließ ihn das ungute Gefühl, beschattet zu werden.

Blohfeld antwortete nicht direkt, sondern startete zu einem Exkurs durch die Geschichte des Künstlerhauses, das aus einer Stiftung Nürnberger Bürger hervorgegangen war. Im Krieg bekam es mehrere Treffer ab. Die Halbruine diente danach als US-Offizierskasino und kurzzeitig als Außenstelle der Uni.

»Anfang der Siebzigerjahre sollten die Abrissbagger anrollen, doch da erhob sich der Bürgerprotest. Hermann Glaser, der damalige Kulturreferent, brachte ein Konzept für ein selbstverwaltetes, soziokulturelles Zentrum für Ausstellungen, Konzerte, aber auch politische Aktivitäten ein.«

Blohfeld machte deutlich, dass das Kommunikations- und Kulturzentrum, kurz *KOMM*, von jeher ein Dorn im Auge der Behörden gewesen sei: »Ein linker Szenetreff lautstarker Kritiker der bürgerlichen Werte, und vor allem schwer zu kontrollieren.« Aus Sicht der Ordnungshüter also eine stete Provokation. Wiederholt sei es bereits in den Siebzigerjahren zu kleineren Zwischenfällen gekommen: Hausbesetzungen und Randale bei den Räumungen, Demos, Wandschmierereien. Parallel dazu lieferten sich konservative Kreise, die die Einrichtung lieber heute als morgen schließen wollten, Wortgefechte mit den politischen Gegnern. Das *KOMM* wurde bald auch zum Thema in der Landeshauptstadt und dort auf höchster Ebene diskutiert. Als das neue Jahrzehnt anbrach, ahnten viele Beteiligte, dass sich etwas zusammenbraute.

»So weit, so schlecht. Dass sich Jugendliche gegen das Establishment auflehnten, wusste man ja schon seit dem Ende der Sechzigerjahre. Selbst in Bayern musste man den Wandel inzwischen erkannt haben und hätte entsprechend vorbereitet sein können«, meinte Paul. »Wie ist es denn dann genau zur Eskalation gekommen?«

Blohfeld reichten ein paar Blicke in seinen Aktenordner, um auf dem Stand der Dinge zu sein. »Kurzer Faktencheck«, läutete er ein. »Am besagten Abend wurde hier im *KOMM*-Kino der umstrittene, weil aufrührerische Kraker-Film gezeigt, in dem mehr oder weniger offen zu Gewalttätigkeiten gegen Sicherheitsorgane aufgerufen wurde. Daraus entwickelte sich eine lebhafte Diskussion unter den Zuschauern, wobei sich wohl nur wenige der Aussage des Films anschlossen. Sie fanden sich zu einer spontanen Demonstration zusammen und stachelten andere zum Mitlaufen an. Zu fortgeschrittener Stunde, so gegen zweiundzwanzig Uhr, wurde ein vorm *KOMM* postierter Streifenwagen belagert: Es hagelte Faustschläge aufs Dach und Tritte gegen die Türen. Die Insassen hatten Angst, riefen Verstärkung, und das Verhängnis nahm seinen Lauf. Denn im Hintergrund waren längst Kräfte der Bereitschaftspolizei zusammengezogen worden.«

»So weit bin ich bei meinen eigenen Recherchen auch schon gekommen. Was mich interessiert, ist, wie die Sache so aus dem Ruder laufen konnte«, präzisierte Paul.

»Der Pulk der aufgedrehten jungen Leute – etwa hundert sollen es gewesen sein – zog los in Richtung Innenstadt, mittlerweile umschwirrt von Polizeiautos. Die Stimmung heizte sich weiter auf, als die ersten Steine flogen und Schaufenster zu Bruch gingen.«

»Keine einfache Lage«, meinte Paul und versuchte sich die aufgeputschte Menschenmasse in der von Lokalen und Geschäften umsäumten Königstraße vorzustellen. »Doch warum hat die Polizei am Ende so hart reagiert? Wenn sie in dieser aggressiven Stimmung einzelne Randalierer herausgepickt und abgeführt hätte, wäre das Ganze vielleicht nicht eskaliert.«

»Genau da liegt der Hase im Pfeffer«, sagte Blohfeld. »Es war bereits zu spät für eine koordinierte Aktion. Keiner konnte mehr zurück. Weder die Demonstranten, von denen einige immer aggressiver agierten, noch die höchst angespannten Beamten. Am Ende standen sich die beiden Parteien gegenüber wie Truppen verfeindeter Länder in einem Krieg. Schließlich wurden die Jugendlichen am KOMM in die Zange genommen, und die Falle schnappte zu. Und zwar so effektiv, als wäre die Aktion akribisch vorbereitet worden.«

»›Falle‹ ist ja wohl das falsche Wort, oder?« Paul neigte den Kopf. »Indem die Jugendlichen abgeriegelt wurden, wollte man Schlimmeres verhindern.«

»Indem ›man‹ hunderteinundvierzig Jugendliche einkesselte und anschließend mittels pauschalisierter Haftbefehle ins Gefängnis steckte?«, entgegnete Blohfeld skeptisch. »Eine unangemeldete Demonstration aufzulösen, das ist die eine Sache. So viele Menschen einzusperren eine ganz andere. Zimperlich sind die Verantwortlichen damals jedenfalls nicht vorgegangen.«

»Gehen Sie wirklich von einem abgekarteten Spiel aus?«

Blohfeld sah Paul vielsagend an. Als Paul nachhaken wollte, öffnete sich die Kinotür. In der schummrigen Beleuchtung konnte er nicht erkennen, mit wem sie es zu tun hatten.

Blohfeld fackelte nicht lange und rief: »Hier ist geschlossen. Filme laufen erst am Abend!«

Daraufhin wurde die Tür wieder zugezogen. Paul war geneigt, die kurze Störung sofort zu vergessen. Doch dann meldete sich erneut seine Eingebung – handelte es sich etwa um denjenigen, der hinter ihm her war? *Falls* jemand hinter ihm her war …?

Blohfeld ließ Paul keine Zeit zum Grübeln, denn in straffer Form setzte er seine Lehrstunde fort: »Vieles spricht dafür, dass die Polizei begierig auf der Lauer gelegen und nur auf einen Vorwand gewartet hatte, um endlich zuschlagen zu können. Denn die *KOMM*-Szene war denen überaus suspekt.« Blohfeld ging zur Tür und überprüfte, ob sie wirklich geschlossen war. Als Paul ihn verwundert ansah, erklärte er: »Das alles ist ewig her, und man sollte glauben, dass längst Gras drüber gewachsen ist. Andererseits könnte ein Aufkochen dieser Sache gewissen Kreisen böse aufstoßen, denn nicht nur nach heutigen Maßstäben hatten damals ja etliche Verantwortliche unkorrekt gehandelt. Niemand von den werten Honoratioren möchte die Fehler von einst noch einmal unter die Nase gerieben bekommen. Diese Herrschaften haben erfolgreiche Karrieren hinter sich und nach wie vor gute Verbindungen. Sie könnten kleinen Schreiberlingen wie mir das Leben schwer machen. Deshalb kann es nicht schaden, ein wenig Vorsicht walten zu lassen.«

Wieder bemühte er seine Akte und blätterte mit ernster Miene darin herum. Schließlich fand er, was er suchte, und entnahm dem Ordner einen vergilbten Schreibmaschinenbogen.

»Jetzt machen Sie mich echt neugierig«, sagte Paul.

»Dieses Dokument dürfte es eigentlich gar nicht geben«, hielt der Journalist die Spannung aufrecht. »Zumindest nicht in der Hand eines Zeitungsreporters.« Als Blohfeld ihm das Papier zeigte, fielen Paul sofort die Wappen über den eng getippten Zeilen auf. »Das sind vertrauliche Polizeidokumente, die uns damals anonym zugespielt wurden.«

»Und was steht drin?« Paul beugte sich vor, um mehr erkennen zu können.

»Auszüge aus der Korrespondenz einiger Beteiligter. Liest man sie aufmerksam, bestärkt das die Vermutung, dass es den Akteuren aufseiten der Ordnungsmacht wie auch der Politik beim *KOMM*-Einsatz vordringlich um eines gegangen war: Abschreckung. Man wollte ein Exempel statuieren.« Blohfeld zog gezielt eines der Dokumente aus der Mappe. »Dies hier ist ein polizeiinterner Ablaufplan, darunter auch die Anforderung eines Großaufgebots von mehreren Hundertschaften der Bereitschaftspolizei sowie von Schutzpolizeizügen aus Fürth, Ansbach, Lauf und Schwabach. Der Befehl lautete, das *KOMM* vollkommen zu umstellen und abzuriegeln.«

»Da wurde also ganz bewusst mit Kanonen auf Spatzen geschossen«, folgerte Paul.

»So sieht es aus, ja. Dieses Dokument haben die Verteidiger beim späteren *KOMM*-Prozess übrigens nie zu Gesicht bekommen«, wusste Blohfeld. »Es wurde ihnen aus ›einsatztaktischen Gründen‹ vorenthalten.«

»Hat Ihre Zeitung diese vertraulichen Informationen verwendet?«

Blohfeld winkte ab. »Wo denken Sie hin? Bayern in den frühen Achtzigern, das war eine lupenreine Demokratur. Unser Verleger hätte es nicht gewagt, sich offen mit der Staatsmacht und somit auch mit dem übermächtigen Ministerpräsidenten anzulegen.«

»Trotzdem hagelte es später heftige Medienschelte am überzogenen Polizeieinsatz.«

»Ja, aber vorwiegend von der überregionalen Presse, allen voran vom *SPIEGEL*.« Blohfeld schlug den Ordner wieder zu. »Mehr erfahren Sie von mir nicht. Sollten Sie weitere Details interessieren, besuchen Sie doch mal wieder Ihren Spezi, den Pfarrer.«

»Hannes Fink?«

»Genau! Um 1980 hat er sich als junger Diakon viel in der linken Szene herumgetrieben. Seelsorgerisch, versteht sich. Auf etlichen alten Zeitungsfotos taucht er auf. Schon damals unverwechselbar mit Pferdeschwanz und dickem Schnauzer.«

»Den Schnauzer hat er mittlerweile abrasiert«, sagte Paul, bedankte sich für diesen Tipp und schälte sich aus dem durchgesessenen Kinosessel. Doch der Reporter drückte ihn zurück ins Polster.

»Wenn Sie übrigens glauben, Sie könnten einen alten Hasen wie mich hinters Licht führen, haben Sie sich geschnitten. Von wegen Fotoshooting im Stil der Achtziger.« Mit dem Zeigefinger zog er sein linkes Augenlid herunter. »Holzauge«, sagte er. »Ich weiß genau, dass Sie in Sachen Polster herumschnüffeln. Und auch vom Tod des alten Gerichtsdieners habe ich gehört.«

»So schnell? Das ist doch erst vor ein paar Stunden passiert.«

»Ich habe meine Ohren überall. Also, raus mit der Sprache: Sie wittern einen Zusammenhang, ja?«

»Nochmals danke für die Hilfe«, sagte Paul mit unverbindlichem Lächeln und sah zu, dass er das Kino so schnell wie möglich verließ.

Im Treppenhaus hörte er, wie die Eingangstür ins Schloss fiel. Als Paul unten ankam und sich an der Königstormauer umschaute, war jedoch keine Menschenseele zu sehen.

12

Paul erwischte Hannes Fink sofort. Als könnte ihm der frische Wind nichts anhaben, stand der Pfarrer in einem kurzärmligen, rot-grün karierten Hemd vor dem Westportal der Sebalduskirche. Er sah Paul entgegen, als hätte er bereits auf ihn gewartet. Finks Haar war längst mehr weiß als schwarz, dennoch war er sich treu geblieben und trug es wie anno dazumal lang und am Hinterkopf zum Zopf gebunden. Ein Trick, um sich einen Teil der Jugend zu bewahren, sicherlich aber auch ein Ausdruck seiner politischen Gesinnung, vermutete Paul.

»Hat mich Blohfeld bei dir angekündigt?«, fragte Paul, nachdem er den Pfarrer zur Begrüßung an sich gedrückt hatte.

»Blohfeld? Nein! Warum?«

»Es sah so aus, als hättest du mit mir gerechnet.«

Fink verneinte erneut. Er stehe nur deshalb vor der Kirche, weil er es drinnen nicht mehr aushalte: »Es wird mal wieder überall gebaut. Gerüste verdecken die Pfeiler und Gewölbe, hinter Planen reinigen Steinmetze und Restauratoren die Bögen und Kunstwerke. Ja sogar die Orgel wird gerade gründlich entstaubt und instand gesetzt. Sozusagen ein Frühjahrsputz im Herbst. Ich könnte mich den lieben langen Tag allein mit Baufragen, Planungs- und Organisationsaufgaben und tausend Besprechungen beschäftigen. Da ziehe ich es vor, hier im Freien zu stehen und zu schauen, wer des Weges kommt.«

»Wie ich zum Beispiel.«

»Genau, wie du zum Beispiel.« Er musterte seinen langjährigen Bekannten forschend. »Handelt es sich um einen Freundschaftsbesuch, oder hast du etwas Bestimmtes auf dem Herzen?«

»Letzteres«, gestand Paul und setzte Fink ins Bild. Darauf lud ihn dieser auf einen Plausch ins Pfarrhaus ein. Das historische Gebäude mit seinem prächtigen Chörlein lag direkt gegenüber. Keine fünf Minuten später saßen sie an einem rustikalen Küchentisch bei zwei Gläsern Mineralwasser.

»Soso, du willst mich also über meine wilden Jahre ausfragen«, meinte Fink schmunzelnd. »Was hat dir Blohfeld denn erzählt? Hat er versucht, mich als koksenden Kommunistenprediger darzustellen?«

»Ja, das kommt in etwa hin.«

Fink legte seine prankenhaften Hände auf die Holzplatte des Tisches und faltete sie wie zu einem Gebet. »Damit das klar ist: Ich hatte niemals etwas mit Drogen zu schaffen und habe mich auch nie für irgendwelche politischen Zwecke einspannen lassen. Weder in die eine noch in die andere Richtung.« Seine Brummstimme blieb ruhig, aber bestimmt. »Andererseits habe ich schon als Diakon erkannt, dass sich die Kirche klar und deutlich zu Wort melden und überall einmischen muss, wo es um zentrale Fragen des Zusammenseins, der sozialen Identität und auch des städtischen Lebens geht.«

»Das hast du schön gesagt.«

»Es ist meine tiefe Überzeugung. Daher war es für mich selbstverständlich, den Krisenherd *KOMM* damals als das zu begreifen, was er war: eine Herausforderung für Schlichter und Vermittler, also Leute wie mich.«

Paul fand es an der Zeit, den Pfarrer mit einem Verdacht zu konfrontieren, der langsam aber sicher Gestalt annahm. Nämlich dem, dass ein selbst ernannter

Racheengel drauf und dran sei, die an der Massenverhaftung Beteiligten zur Rechenschaft zu ziehen, indem er als Unfälle getarnte Morde beging.

Fink musste diese gewagte These erst einmal verarbeiten. »Starker Tobak«, sagte er nach einer Phase nachdenklichen Schweigens. »Wer sollte so etwas tun nach all den Jahren?«

»Vielleicht hat sich derjenige schon lange mit finsteren Gedanken getragen, seine Pläne aber mangels Mut oder Gelegenheit nie umgesetzt. Heute, da die Rentnerriege dicht vorm natürlichen Ableben steht, heißt es für den Mörder höchste Eisenbahn, denn wenn er jetzt nicht zuschlägt, ist es für immer zu spät.«

Fink wischte mit der flachen Hand einige imaginäre Staubkörner vom Tisch. »Das klingt völlig unglaubwürdig, um nicht zu sagen: an den Haaren herbeigezogen. Außerdem: Warum gibt sich dein Täter mit der zweiten oder dritten Garde ab und mordet nicht die führenden Köpfe von einst? Von denen gibt es ja auch noch den einen oder anderen.«

»Zugegeben, meine Theorie hat Schwächen. Trotzdem wäre es interessant, die Sache näher zu untersuchen, findest du nicht?« Nach einer Kunstpause fragte er: »Gab es Menschen, die damals besonders hart betroffen waren?«

»Alle hunderteinundvierzig Festgenommenen waren besonders betroffen«, stellte Fink klar. »Sie wurden in Gefängniszellen gesperrt und mussten Schikanen über sich ergehen lassen.«

»Ich dachte eher an echte Härtefälle. Wurde beispielsweise jemand verletzt?«

Fink zog nachdenklich die Stirn in Falten. »Die physische Gewalt hielt sich – soweit ich das beurteilen kann – in Grenzen. Und zwar auf beiden Seiten. Aber der seelische Schaden, den manch einer davongetragen hat, ist nicht zu unterschätzen. Du musst dir das mal vor Augen führen: Als junger Mensch, der vielleicht noch nie in seinem Leben mit dem Gesetz in Konflikt geraten war, plötzlich eingesperrt zu werden und tage-, teilweise sogar wochenlang hinter Gittern zu sitzen – das ist bitter und schwer zu verkraften. Auch wenn am Ende kein einziger Haftbefehl aufrechterhalten werden konnte und alle wieder auf freien Fuß gesetzt wurden, mag dieses Erlebnis für den einen oder anderen eine Zäsur gewesen sein. Oder nennen wir es ruhig Trauma.« Der Pfarrer erhob sich schwerfällig. »Warte einen Moment«, sagte er und ging über knarrende Dielen zu einer Kommode im Flur. Mit einer vergilbten Pappschatulle, deren Ecken abgestoßen waren, kehrte er zurück.

»Was ist das?«

»Du weißt, ich bin mehr Sammler als Jäger. In den Zeiten vorm Siegeszug von E-Mail, SMS und Whatsapp erreichten mich etliche Briefe von Gemeindemitgliedern, aber auch von wildfremden Leuten. Die Schreiben, die mich besonders bewegten, habe ich katalogisiert und aufbewahrt. Diese hier ...« Er deutete auf ein verblasstes Etikett mit der Aufschrift »Kessel«. »Diese stammen aus dem Frühling 1981.« Fink entnahm einer der sorgsam gefalteten Briefe und las vor:

»Man kann es wohl nicht anders sagen, aber die Tage und Nächte in Haft haben mein Leben verändert. Dass ich der staatlichen Maschinerie ausgeliefert bin, hat bei mir ein Gefühl der absoluten Ohnmacht ausgelöst.«

Fink legte den Bogen beiseite und griff wahllos nach weiteren Briefen:

»Meine Tochter war in der Teestube. Als ich im Rundfunk von den Krawallen hörte, bin ich sofort losgeradelt, um sie abzuholen. Aber man ließ mich nicht durch. Das Jugendzentrum war mit starken Scheinwerfern taghell beleuchtet worden, und überall standen Polizisten. Denen wäre nicht mal eine Maus entwischt.«

Er nahm das nächste Blatt:

»Wie ist es möglich, dass sich eine deutsche Behörde über das Recht eines so kleinen Kindes auf seine Mutter hinwegsetzt? Das kann ich nur als menschenverachtenden Zynismus bezeichnen.«

Paul hakte nach: »Von welchem Kind ist denn da die Rede? Waren etwa auch Kinder im Kessel?«

»Nein, nicht im Kessel.« Fink seufzte. »Hier wird auf einen besonders tragischen Fall angespielt. Unter den Festgesetzten befand sich die Mutter eines Neugeborenen, das daheim von der Großmutter gehütet wurde. Die junge Mama, die an einem Batikkurs im *KOMM* teilgenommen hatte, war zur falschen Zeit am falschen Ort. Als sich die Polizeizange geschlossen hatte, kam sie nicht mehr heraus und wurde ebenso in einen Gefangenentransporter verfrachtet wie alle anderen.« Finks Lippen, sonst meist zu einem Schmunzeln gehoben, bildeten einen geraden Strich. »Kein schönes Kapitel der Stadtgeschichte. Da der Nürnberger Knast bald voll war, wurden etliche Gefangene überall in Bayern verstreut.

Die Mama, übrigens erst neunzehn Jahre jung, kam in die Frauenanstalt an der Mannertstraße. Aber ein Anwalt wurde ihr erst Tage später bereitgestellt, ihr Baby wurde ihr noch länger vorenthalten. Bekannte von ihr setzten sich ein, schrieben Protestnoten, alarmierten sogar den Kinderschutzbund. Doch erst als sie sich an die Presse wandten und diese den Fall aufgriff, kam Bewegung in die Sache. Ich erinnere mich genau: Erst über eine Woche nach der Festnahme wurde sie auf freien Fuß gesetzt. Und zwar im wahrsten Sinne des Wortes, denn man stellte sie vors Tor. Wie sie zurück nach Hause kommen sollte, blieb ihr überlassen. Geld für ein Taxi oder den Bus gaben sie ihr jedenfalls nicht.«

»Unglaublich«, sagte Paul bedrückt.

»Leider kommt es noch schlimmer. Die junge Frau war danach ein gebrochener Mensch. Sie konnte die psychische Belastung nicht verarbeiten, und niemand sorgte dafür, dass sie fachmännische Hilfe bekam. Keine zwei Monate nach ihrer Freilassung beging sie Selbstmord. Ihr Leiche wurde neben dem schreienden Baby gefunden.«

Paul schluckte. Er sah seinen Freund an, wollte etwas sagen, bekam aber keinen Ton heraus. Denn der Kloß, der sich in seinem Hals gebildet hatte, verhinderte jede Äußerung.

Auch Fink war gerührt. Diese Geschichte ging ihm selbst mit über dreißig Jahren Abstand noch nahe. »Nicht, dass du mich falsch verstehst: Es liegt mir fern, Stimmung gegen eine der beiden Seiten zu machen. Zu denen, die sich mir damals anvertrauten, gehörten nämlich auch Polizisten. Einige hatten eine ordentliche Wut im Bauch. Aber nicht auf die Demonstranten, sondern auf ihre Dienstherren, von denen sie sich im öffentlichen Trubel nach den Ereignissen im Stich gelassen fühlten und anfingen, ihr Handeln infrage zu stellen. Glaub mir, Paul, es war nicht alles in Schwarz und Weiß aufzuteilen. Auch aufseiten der Exekutive gab es kritische Geister.«

Paul dachte an die fünf Stammtischfreunde, die offenbar nicht zu letztgenannter Gruppe gezählt hatten. Im Gegenteil: In der Altherrengruppe meinte er einige typische Hardliner von einst zu erkennen. Das machte er an der Art und Weise fest, wie sie sich artikulierten. Ihr Sprachgebrauch war geprägt von einem Vokabular, das Recht und Ordnung huldigte: »Kamerad«, »loyal«, »anständig«, »pflichtbewusst« – alles Worte, die Paul bei den alten Männern aufgeschnappt hatte. Aber auch ihr geruhsamer Lebensabend, anscheinend ohne jede Form der kritischen Selbstreflexion, deutete in diese Richtung. Frei nach dem altbewährten Motto: »Wir haben ja nur Befehle befolgt.« Auch wenn die alten Männer nur kleine Lichter gewesen sein mochten, erschien Paul eine späte Revanche an ihnen durchaus plausibel. Denn nicht die Entscheider und hohen Tiere hatten in jener ausgeuferten *KOMM*-Nacht direkten Kontakt mit den Demonstranten, sondern ausführende Kräfte wie Helmbrecht, Polster und Co.

Doch wie sollte er den potenziellen Mörder finden? Indem er alle seinerzeit Inhaftierten überprüfte, von denen gewiss noch weit über hundert lebten? Das käme der sprichwörtlichen Suche nach der Nadel im Heuhaufen gleich.

Er trank sein Wasser aus und bedankte sich für die Zeit, die der Pfarrer für ihn geopfert hatte. Als er gehen wollte, hielt ihn Hannes Fink mit einer Frage auf, über deren Beantwortung Paul erst einmal nachdenken musste:

»Wo hast du in dieser Zeit eigentlich gestanden?«

»Wo ich gestanden habe?«

»Politisch, meine ich. Denn ich kenne dich eigentlich nur als ausgesprochen unpolitischen Menschen. Paul Flemming legt sich nicht fest, wo seine Sympathien liegen, ob eher links oder mehr bei den Konservativen. Wahrscheinlich gibst du dich so neutral, um deine Kunden nicht zu verschrecken. Obwohl – deinen Models kann es ja egal sein, ob ihr Fotograf SPD wählt, CSU oder die Grünen. Vielleicht hältst du dich ja auch Katinka zuliebe zurück, da sie als Oberstaatsanwältin Neutralität wahren muss.« Noch einmal fragte Fink: »Also, raus damit: Wo stand Paul Flemming in den Achtzigerjahren?«

»Ich war ja noch Schüler und hatte mit Politik nicht besonders viel am Hut«, erklärte Paul. »Aber natürlich habe ich gemerkt, wie sich die älteren Semester engagierten und uns Jüngere mitzunehmen versuchten. Man kam kaum darum herum, ein Statement abzugeben, und sei es nur durch die Kleidung: Ich trug Jeans, einen olivgrünen Parka und die Haare eine ganze Ecke länger als heute. Und auch einen ›Atomkraft, nein danke!‹-Button habe ich mir aufschwatzen lassen, obwohl ich keine Ahnung von Kernenergie hatte. Sogar an einer Demo habe ich teilgenommen, weil alle meine Kumpels mitmachten, und zwar gegen die Volkszählung 1987. Aus heutiger Sicht ein lächerliches Unterfangen, denn mittlerweile gibt ja dank Facebook, Google und anderer Datensammler ein jeder freiwillig fast alles über sich preis.« Paul grinste, als ihm noch etwas einfiel: »Um einem Mädchen zu imponieren, das sich bei den Grünen engagierte, bin ich Mitte der Achtziger bei Greenpeace eingetreten. Ich bekomme immer noch deren Magazin.«

13

Als er das Pfarrhaus verließ, war Paul dermaßen in Gedanken versunken, dass er nicht auf den Weg achtete und mit einem Passanten zusammenstieß.

»Pardon«, sagte er und erkannte erst jetzt, wen er beinahe umgerannt hatte: Bei dem hochgewachsenen jungen Mann mit dem offenen Lächeln handelte es sich um niemand anderen als Alexander. »Sieh einer an. So klein ist die Welt!«

»So klein ist Nürnberg«, entgegnete Hannahs Verlobter augenzwinkernd und schnippte eine Zigarette weg.

Paul hielt die Hand nach oben, denn er musste gegen die schon tief am Horizont stehende Sonne blicken. »Was verschlägt Sie …«

»Dich!«, korrigierte Alex.

»Also gut: Was verschlägt *dich* in die Sebalder Altstadt?« Beinahe hätte er die Anrede »künftiger Schwiegersohn« hinzugefügt, konnte es sich aber gerade so verkneifen.

Alex neigte den Kopf und grinste schelmisch. »Einerseits bin ich auf der Suche nach einem Präsent für Hannah. Ich mache ihr gern mal spontan eine Freude, und hier am Burgberg gibt es ja einige interessante Läden. Nicht die üblichen Ketten und Filialen wie in der Breiten Gasse.«

Paul hakte das als Pluspunkt für Alex ab und fragte: »Wenn es ein Einerseits gibt, kommt dann noch ein Andererseits?«

Alex trat ein wenig verlegen von einem Fuß auf den anderen. »Ehrlich gesagt habe ich gehofft, dich hier irgendwo zu treffen. Denn dieses Viertel ist ja quasi dein Revier, stimmt's?«

»Du hast mich gesucht? Warum?«, fragte Paul überrascht. »Du kannst doch jederzeit mit mir reden, wenn Hannah und du uns besuchen kommt.«

»Genau das ist der Punkt«, sagte Alex. »Ich wollte mit dir unter vier Augen sprechen. Ohne Hannah und ihre Mutter, also deine Frau.«

»Brauchst du etwa einen Rat vom Stiefvater?«, fragte Paul amüsiert. »Ich kann dir versichern: Mit Hannah hast du die richtige Wahl getroffen. Sie ist ein Pfundskerl. Oder wie sagt man das bei Frauen?«

»Nein, nein.« Alex hob beide Hände. »Ich weiß, wie cool Hannah ist. Es hat überhaupt nichts mit ihr zu tun. Vielmehr geht es mir um den Fall, den du bearbeitest.«

Paul fühlte sich geschmeichelt, musste aber richtigstellen: »Ich bearbeite gar nichts, denn ich bin ja kein Detektiv.«

»Deine Aufklärungsquote ist jedenfalls legendär. Deine beiden Frauen schwärmen bei jeder Gelegenheit von deinen detektivischen Qualitäten.«

»Ach«, stutzte Paul. »Tun sie das wirklich?« Ihm gegenüber hielten sich die beiden mit Lob in dieser Richtung bekanntlich stark zurück.

»Ja!«, bekräftigte Alex. »Auch ich finde gut, was du machst. Deshalb möchte ich dir meine Hilfe anbieten.«

Paul verstand nicht, worauf das hinauslaufen sollte. »Hilfe wobei?«

»Bei der Mördersuche!«

»Mal langsam: Das, was ich mache, ist reines Privatvergnügen. Ich möchte da niemanden mit hineinziehen. Denn mein Hobby kann mitunter gefährlich werden.«

»Als Arzt kann ich Gefahren allgemein ganz gut einschätzen«, hielt Alex dem entgegen.

»Das ist etwas anderes. Meine Klientel ist unberechenbar. Da weiß man am Anfang nie, auf wen oder was man sich einlässt.«

»Je verzwickter, desto besser. Glaub mir, Paul, ich kann sehr hartnäckig sein und mich in eine Sache richtig hineinknien, wenn sie nur reizvoll genug ist. Außerdem habe ich mich schon immer für dieses Thema, also das *KOMM*, interessiert, doch nie Gelegenheit gehabt, mich richtig damit zu beschäftigen. Hannah meinte, dass du eine Spur in dieser Richtung verfolgst, richtig? Also, bitte: Lass mich dir helfen.«

Paul honorierte Alexanders Beharrlichkeit und schlug vor: »Na schön, wenn du dich unbedingt beweisen willst, dann hilf mir, mehr Hintergründe über die Massenverhaftung zusammenzutragen. Klemme dich dahinter, jedes Detail könnte wichtig sein. Ich bin hinter jemandem her, den diese Geschichte bis heute nicht loslässt.«

Alexander wirkte hocherfreut. Paul teilte ihm einige Einzelheiten mit und verabschiedete seinen Schwiegersohn in spe mit dem Auftrag, sich mit möglichst vielen Betroffenen von einst zu unterhalten.

Alexander hingegen empfahl sich mit der Bitte, Hannah nichts von der Zigarette zu erzählen. »Ich habe ihr versprochen, damit aufzuhören«, gestand er. »Aber es ist gar nicht so leicht. Viele Kollegen im Krankenhaus können ihre Finger nicht vom Nikotin lassen – wider besseres Wissen. Liegt wohl am Stress.«

Paul blieb mit dem Gefühl zurück, dass Alex zwar nett und aufgeschlossen erschien, insgesamt aber einfach zu geschniegelt, streberhaft und anbiedernd war. Und dann auch noch dieses aufdringliche Aftershave! Nicht die erste Wahl für Hannah, meinte Paul und fragte sich im selben Moment, ob dies ein zu hartes Urteil war.

Den Abend verbrachte Paul allein in Kleinweidenmühle. Katinka war ausgegangen; mal wieder zu einem Arbeitsessen mit Kollegen. Da er nichts mit sich anzufangen wusste, zog er ein altes Fotoalbum aus dem Regal. Ein Bildband, den er in den Achtzigerjahren zusammengestellt hatte. Mit dem Album in der Hand machte er es sich auf dem Sofa gemütlich, durch die Panoramascheibe des Wohnzimmers konnte er die Pegnitz im Mondlicht glitzern sehen.

Paul musste unwillkürlich schmunzeln, als er die alten Aufnahmen betrachtete. Natürlich sah er auf den Schnappschüssen von anno dazumal deutlich jünger aus, sein Haar war schwarz, ganz ohne graue Einsprengsel. Vor allem aber fiel ihm sein frecher, naiver Gesichtsausdruck auf. Paul war damals ein ziemlicher Aufschneider gewesen, der glaubte, ihm gehöre die Welt. Oft und ausgiebig hatte er sich amüsiert und schon mal fünf gerade sein lassen. Letzteres konnte er heute auch noch ziemlich gut, gestand er sich ein.

Als er die Accessoires im Hintergrund der Aufnahmen sah, fühlte er sich wie auf einer Zeitreise: Stereoanlage mit Kassettendeck, selbst gebaute Lichtorgel und Poster seiner Lieblingsstars an der Wand. Darunter Jennifer Beals, die längst in der Versenkung verschwundene Hauptdarstellerin des Tanzfilms *Flashdance*.

Paul dachte an sein Gespräch mit Hannes Fink zurück und erkannte, dass er alles in allem schon immer ein ausgesprochen unpolitischer Mensch gewesen war – Ökofreundin und einmaliger Demoteilnahme zum Trotz. Das hieß nicht, dass er sich nicht für das Los anderer Menschen interessierte. Paul besaß durchaus eine soziale Ader. Aber um alles Extreme hatte er stets einen Bogen gemacht. So wunderte es kaum, dass die Massenverhaftung damals nahezu spurlos an ihm vorbeigegangen war.

Politischen Gruppierungen seiner Altersgenossen, mit denen einige seiner Kumpels geliebäugelt hatten, war er ferngeblieben. Sie waren ihm suspekt, zumal er das Gefühl nicht losgeworden war, dass gerade die studentische Protestbewegung ein durchaus ambivalentes Verhältnis zur Gewalt gehabt hatte. Da wurden etwa die Lehren Mao Zedongs hochgehalten, und niemand störte sich daran, dass Mao nicht nur Freiheitskämpfer, sondern auch ein brutaler Diktator gewesen war, auf dessen Konto Millionen Menschenleben gingen. Die nahezu blinde Gefolgschaft linken Idealen gegenüber störte Paul. Er war nie bereit gewesen, sich den Mund verbieten zu lassen.

Noch mehr ärgerte er sich über die bayerische Haudraufpolitik in der Strauß-Ära, für die er sich bei jeder Klassenfahrt, die ihn über die Grenzen des Freistaats führte, schämte. Also blieb er einfach neutral und ließ sich weder von den einen noch von den anderen instrumentalisieren.

Die aufgeheizte politische Atmosphäre von einst war längst Geschichte, resümierte er, als er das Album zuklappte. Dennoch hatte es den Anschein, dass jemand mit brutaler Gewalt die Vergangenheit wachrufen wollte. Wieder musste er an die Toten denken. Ihr Schicksal ließ ihn einfach nicht los.

So ging es ihm auch Stunden später noch, als er längst im Bett lag und an die Decke starrte, während Katinka neben ihm selig schlief. Paul bastelte gedanklich an seinem Rätsel und gab der Müdigkeit, die ihn immer intensiver umgarnte, keine Chance. So war er auch sofort hellwach, als er ein lautes Klappern hörte. Es kam aus dem Garten!

Paul sah zu Katinka hinüber, doch die hatte offenbar nichts mitbekommen und schlief weiter. Er setzte sich auf und tapste barfuß durch den Flur. Vom Wohnzimmer aus blickte er auf die kleine Grünanlage, konnte aber nicht viel erkennen. Es war nicht nur dunkel, sondern auch regnerisch. Der Wind peitschte die Wassertropfen in Böen gegen die Scheibe.

Sollte er sich wieder hinlegen oder nach dem Rechten sehen? Paul dachte an seinen Besuch im *KOMM*-Kino und den Eindruck, dass ihn dort jemand beobachtet hatte. Was, wenn er bis hierher verfolgt worden war? Er wollte nichts ausschließen, zog sich seinen Mantel über, schlüpfte in seine Schuhe, schob die Verandatür auf und trat in die kühle Nacht. Kaum stand er draußen, klatschte ihm der Regen ins Gesicht.

»Dreckswetter!«, schimpfte Paul und schaute sich um. Niemand war zu sehen. Aber was hatte er auch erwartet? Dass sich der große Unbekannte zeigte?

Paul amüsierte sich über seinen nicht zu verleugnenden Hang zur Paranoia und entschied, die Suche abzubrechen.

Da klapperte es erneut!

Diesmal konnte er die Richtung, aus der der Lärm gekommen war, recht gut bestimmen. Sein Weg führte ihn zu der kleinen Gartenhütte am Rand zum Nachbargrundstück. Schon im Näherkommen erkannte Paul, dass das Türchen nicht verschlossen war und vom Wind auf- und zugestoßen wurde. Er hatte also die Quelle des Krachs gefunden.

Bevor er die Pforte schloss, warf er einen Blick ins Innere der Hütte. Die Gartengeräte befanden sich alle an ihrem Platz. Es sah nicht so aus, als hätte sich jemand daran zu schaffen gemacht. Trotzdem fragte sich Paul, warum die Tür offen gestanden hatte. Denn Katinka und er schoben immer den Riegel davor ... War also doch jemand hier gewesen? Paul, inzwischen pitschnass, suchte nach einem möglichen Grund und erkannte, dass man vom kleinen Fenster des Schuppens aus einen unverstellten Blick in ihre Wohnung hatte. Die Laube war ein perfekter Ausspähposten.

Er vergewisserte sich, dass der Riegel diesmal wirklich bis zum Anschlag vorgeschoben war, bevor er zurück ins Haus ging. An Schlaf war nun allerdings erst recht nicht zu denken.

14

Auch am nächsten Tag klebten Pauls Gedanken an den Todesfällen in der Sechs-auf-Kraut-Runde, wobei er sich fragte, wen es als Nächstes treffen würde. Sein nächtlicher Ausflug trug ebenfalls nicht gerade dazu bei, ihn aufzuheitern, denn seit heute Morgen lief seine Nase.

Als Paul sich auf den Weg zum Hauptmarkt machte, um sich mit frischem Obst und Gemüse einzudecken, dachte er erneut über diesen verzwickten Fall nach, der für die Polizei ja gar keiner war.

Vor dem Stand eines Knoblauchsländer Bauern blieb er stehen, betastete geistesabwesend einige Äpfel und Birnen und spielte Variante Numero eins durch: Wenn sie es mit einem vorsätzlich handelnden Mörder zu tun hatten, könnte es sich bei diesem um ein Justizopfer der Massenverhaftung oder nahen Angehörigen handeln. Zum Beispiel um die Eltern der jungen Mutter, die in den Selbstmord getrieben worden war. Aber bei dieser Abwägung ploppte sofort wieder eine Frage auf: Warum erst jetzt, mehr als dreißig Jahre danach? Außerdem mussten die Eltern inzwischen uralt sein, wenn sie überhaupt noch lebten.

Eine weitere Möglichkeit sah Paul darin, dass einer der damals Verantwortlichen seine Mitwisser von einst zum Schweigen bringen wollte. Vielleicht, weil sie zu viel über seine nicht immer gesetzeskonformen Aktionen wussten. Doch auch hier: Weshalb so spät?

Also konstruierte Paul eine zusätzliche Abwandlung, die ohne die bisher angenommene Verbindung auskam: Vielleicht ging jemand aus der Bratwurstrunde selbst als

Meuchelmörder um? Weil er sich beim Kartenspielen ständig von den anderen übertrumpft sah? Nein! Paul schüttelte den Kopf. Das war blanker Unsinn.

»Das müssen Sie bezahlen!« Eine energische Frauenstimme riss ihn aus seinen Überlegungen.

Paul sah in das wettergegerbte Gesicht einer Marktfrau. »Was muss ich bezahlen?«, fragte er verblüfft.

»Das Obst, das Sie angefasst haben. Sie stehen hier die ganze Zeit herum, nehmen einen Apfel nach dem anderen in die Hände, kaufen aber nichts.«

Paul, dem das überhaupt nicht aufgefallen war, gab klein bei: »In Ordnung. Stecken Sie mir ein paar davon in die Tüte. Und legen Sie noch ein Pfund Trauben und Bananen dazu.«

Im bärbeißigen Gesicht der Frau formte sich ein schmales Lächeln. »Gemüse auch?«

Gemüse auch, bestätigte Paul und orderte Kartoffeln, Zwiebeln und außerdem einen großen Blumenkohl.

Bepackt mit den Vitaminen für eine ganze Woche schlug er den Heimweg ein, entschied sich dann jedoch kurz entschlossen um. Er wusste, dass er zu Hause keine Ruhe finden würde. Jedenfalls so lange nicht, bis er einige Dinge geklärt hätte. Daher strebte er statt in Richtung Kleinweidenmühle den Burgberg hinauf, passierte fünf Minuten später mit schweißnasser Stirn die Albrecht-Dürer-Straße, um die Altstadt durch das Tiergärtnertor zu verlassen.

Weitere zehn Minuten später stand er vor der Wohnung der Welkers. Schon nach dem ersten Läuten wurde ihm von Welkers zierlicher, weiß gelockter Witwe geöffnet. Das Schwarz ihrer Kleidung drückte ihre Trauer ebenso aus wie ihr blasser Teint und die rot geränderten Augen.

»Was wünschen Sie?«, fragte sie abweisend. Erst auf den zweiten Blick erkannte sie in ihm den Besucher von neulich und wurde etwas zugänglicher: »Ach, Sie sind das. Herr Flemming, richtig?«

»Ja, das ist richtig. Schön, dass Sie sich an mich erinnern«, sagte Paul und fügte hinzu: »Mein herzliches Beileid.«

Frau Welker nickte kummervoll, doch dann fiel ihr Blick auf die Tüten in Pauls Händen, aus denen seine Wochenmarkteinkäufe hervorlugten. »Ein sehr netter Zug von Ihnen«, sagte sie dankbar. »Sind Sie Hellseher oder einfach nur ein einfühlsamer Mensch? Ich habe ja kaum noch etwas Essbares im Haus, und das Schleppen fällt mir schwer.« Ihren letzten Worten zum Trotz nahm sie Paul die prall gefüllten Taschen ab und trug sie ohne jede Mühe in die Küche. Paul, der nicht einmal versuchte, das Missverständnis aufzuklären, folgte ihr und wurde auf einen Stuhl am Küchentisch platziert.

»Sie trinken sicher gern eine Tasse Tee, habe ich recht?«

Kaffee wäre Paul lieber gewesen, doch die Witwe erwartete nicht ernsthaft eine Antwort von ihm und war bereits damit beschäftigt, den Wasserkocher einzuschalten und Teebeutel in zwei Tassen zu hängen.

Als das dampfende Getränk vor ihm stand, lenkte Paul das Gespräch rasch auf Herbert Welkers Stammtischrunde: Es sei ja sehr tragisch, dass der Freundeskreis ihres Mannes innerhalb kurzer Zeit so rabiat dezimiert worden sei. Wie es die verbliebenen Mitglieder denn verkraften würden? Das wisse sie nicht, antwortete die Witwe, denn mit den ehemaligen Kollegen und Freunden ihres Mannes hätte sie selbst kaum zu tun gehabt. Der Stammtisch sei eine reine Männersache gewesen.

»Was seine Runde anbelangte, hat er sich immer recht zugeknöpft gegeben. Aber viel geredet haben sie dabei gewiss nicht. Sie wissen doch, wie Männer sind.«

Ja, dachte Paul, die übliche Konversation zwischen fränkischen Männern ließ sich leicht auf zwei Worte beschränken: »Und?« – »Bassd!« Trotzdem wollte er es nicht dabei bewenden lassen und versuchte, mehr Informationen aus der Dame herauszubekommen: »Immerhin haben sie sich regelmäßig Woche um Woche im *Goldenen Ritter* getroffen. Da werden sie wohl kaum nur gekartelt und Bratwürste gegessen haben, oder?«

Frau Welker strich sich mit ihren gichtgekrümmten Fingern um das Kinn. »Doch, das haben sie. Schafkopf und Skat, das war ihr Ein und Alles.«

Paul schüttelte den Kopf. »Mich interessieren mehr die brisanten Themen, mit denen sich Ihr Mann und die anderen beschäftigt haben. Themen mit Tragweite.«

Frau Welker zog die Brauen zusammen. »Was sollen das denn für Themen gewesen sein?«, fragte sie mit anklingendem Argwohn. »Mein Mann war doch nur ein kleiner Angestellter am Gericht. Außerdem weiß ich nichts über diese Dinge, ich war ja nicht dabei, wenn sie sich trafen. Ich frage mich auch, was Sie das angeht, Herr Flemming.«

Paul erkannte, dass er über sein Ziel hinausgeschossen war. Er nippte am Tee, stellte die Tasse ganz sachte ab und beugte sich vor. Mit ruhiger Stimme erklärte er: »Als ich Ihren Mann traf, hatte ich das unbestimmte Gefühl, es würde ihn etwas belasten. Mir kam es so vor, als hätte seine Unruhe mit dem Stammtisch zu tun gehabt.«

»Wie kommen Sie darauf?«, entgegnete Frau Welker nach kurzem Nachdenken. »Sie kannten meinen Mann doch kaum.«

»Die fünf waren früher ja beruflich eng miteinander verbandelt gewesen.«

»Das stimmt so nicht. Sie haben in ganz unterschiedlichen Behörden gearbeitet.«

»Aber sie alle hatten im weiteren Sinne mit Polizeiarbeit und Strafrecht zu tun. Daher halte ich es für wahrscheinlich, dass sie sich hin und wieder über ihre früheren Tätigkeiten unterhalten haben. Auch über eher heikle Themen.«

»Nach seiner Pensionierung hatte mein Mann mit seiner Arbeit abgeschlossen. Mir gegenüber hat er kaum noch ein Wort darüber verloren. Ich kann mir auch nicht vorstellen, dass er es in seinem Freundeskreis anders hielt. Seine Interessen lagen inzwischen doch ganz woanders. Wie ich schon sagte: Karten- und Glücksspiel. Ich verstehe wirklich nicht, worauf Sie hinauswollen.« Frau Welker trank ihren Tee aus, stellte die Tasse ab und verschränkte die Arme vor ihrer Brust. Es machte den Anschein, als fiele ihr Pauls Besuch allmählich lästig.

»Dann werde ich konkreter: Hat Ihr Mann sich nach 1981 nie mehr über die *KOMM*-Verhaftungen geäußert? Es könnte ja sein, dass er in späteren Jahren anders über die Vorgänge von damals dachte.«

Das Gesicht der Witwe versteinerte sich, kaum dass Paul das Wort »*KOMM*« ausgesprochen hatte. »Ich danke Ihnen dafür, dass Sie für mich eingekauft haben, Herr Flemming. Aber ich denke, es ist besser, wenn Sie jetzt gehen.«

Paul sah ins faltige Gesicht der Witwe. Es war das Gesicht einer freundlichen alten Dame, doch ihre Augen strahlten nun eine abweisende Kälte aus. »Sie finden die Tür?«, fragte Frau Welker, woraufhin Paul ebenfalls seine Teetasse beiseiteschob, aufstand und sich mit kurzen Worten verabschiedete.

Dieses Amateurverhör konnte man wohl als klassischen Flop bezeichnen, dachte sich Paul, als er im muffig-spießigen Flur stand. Den Weg hierher hätte er sich getrost sparen können. Genau wie das Geld, das er für den Blumenkohl und die Früchte ausgegeben hatte. Nun würde er noch einmal einkaufen gehen müssen.

Man konnte die Sache aber auch aus einem anderen Blickwinkel betrachten und durchaus als kleinen Erfolg verbuchen. Denn hatte die Witwe ihm mit ihrer Reaktion nicht viel mehr verraten als er sich von dem Gespräch hatte erhoffen können? So viel stand immerhin fest: Das *KOMM* war ein Tabuthema im Hause Welker gewesen, ein wunder Punkt.

Pauls Hand lag auf dem Knauf der Wohnungstür, als er innehielt. Aus der Küche hörte er die Stimme der Witwe. Zunächst nahm er an, sie würde ihn zurückrufen. Doch dann begriff er, dass sie mit einer anderen Person sprach. Da sich niemand sonst in der Wohnung aufhielt, führte sie anscheinend ein Telefongespräch. So kurz nach seinem Besuch? Das ließ vermuten, dass es Frau Welker eilig hatte, jemanden über Pauls Aufkreuzen zu informieren. Paul nahm seine Hand von der Klinke und schlich durch den Flur zurück bis zur Küche. Im Verborgenen bleibend, spitzte er die Ohren.

»Nein, Elfriede, ich weiß auch nicht, was ich davon zu halten habe«, hörte er sie reden. »Er tauchte hier auf, mit zwei Einkaufstaschen in den Händen. Das fand ich sehr anständig von ihm. Doch dann begann er mit seiner Fragerei. Als wenn er ein Reporter wäre. Ob Herbert in Schwierigkeiten gesteckt habe, wollte er wissen. Er fing sogar an, von den alten Zeiten zu reden. Als er das *KOMM* erwähnte, wurde es mir zu bunt, da habe ich ihn vor die Tür gesetzt. Man muss sich ja nicht alles gefallen lassen, schon gar nicht von einem Fremden.« Sie seufzte. »Aber jetzt bin ich ganz durcheinander, Elfriede. Denn ich habe dir ja schon vorige Woche erzählt, dass ich mir Sorgen mache. Herbert hat sich merkwürdig benommen in den letzten Tagen vor seinem Tod. Er wollte nicht darüber sprechen, meinte nur, ich würde mir da etwas einbilden. – Ja, Elfriede, ich weiß auch, dass du mich genauso wenig ernst nimmst, wenn ich dir mit solchen Gefühlsduseleien komme. Trotzdem bin ich sicher, dass Herbert etwas vor mir verheimlicht hat. Er war so seltsam ... zurückhaltend. Geradezu geheimniskrämerisch. – Nein, wo denkst du hin? Mit einer anderen Frau hatte das bestimmt nichts zu tun! Ich bitte dich, in unserem Alter! Doch eines weiß ich gewiss: Es gab etwas, das Herbert vor mir verbergen wollte.«

Leise zog Paul die Wohnungstür hinter sich zu und ging – nachdenklicher denn je.

15

Nachdem Paul seinen Wochenmarkteinkauf zum zweiten Mal erledigt hatte, widmete er sich den Rest des Tages dem Abarbeiten von Fotoaufträgen, hauptsächlich den zeitfressenden Nachbearbeitungen von Bildern am PC. Gegen Abend telefonierte er mit Katinka, von der er erfuhr, dass sie schon wieder zu einem Geschäftsessen verabredet war und er sich selbst versorgen musste. Langsam nahm es überhand. Es stellte Paul vor die übliche Entscheidung, sich selbst etwas zu kochen oder bei Jan-Patrick im *Goldenen Ritter* einzukehren. Da er aber weder zu dem einen noch zu dem anderen besonders große Lust hatte, entschied er, sich bei jemandem einzuladen. Nicht bei Pfarrer Fink, bei dem er sich oft genug durchschnorrte, sondern bei Jasmin Stahl. Die Oberkommissarin war erst vor Kurzem umgezogen und lebte jetzt unter einem Dach mit ihrem neuen Freund, einem Architekten. Paul wollte sich ihre neue Bleibe ohnehin mal ansehen, und wenn er zur Abendbrotzeit bei ihr hereinschneite, würde sie ihm gewiss eine Kleinigkeit anbieten.

Mit seinem Wagen fuhr er die Deutschherrenstraße ab und suchte nach einem Parkplatz. Gegenüber dem *Gasthaus Pegnitztal* entdeckte er eine Lücke, in die sein Renault gerade so passte. Die richtige Hausnummer musste er zu Fuß finden. Er schritt über das feucht glänzende Pflaster, vorbei an stolzen Gründerzeithäusern, durch deren gardinenlose große Fenster er in abendlich beleuchtete Büros und Wohnungen schauen konnte. Er sah zwei Kinder auf einem Hochbett toben, beobachtete eine Frau bei Dehnübungen vorm Fernseher und erhaschte einen Blick in eine supernoble Küche, deren blitzendes Chrom einen reizvollen Kontrast zur stuckbesetzten Decke bildete. Nicht gerade die ärmste Wohngegend, wertete er.

Jasmins neue Wohnung lag im zweiten Stock eines schmucken, dottergelb verputzten Eckhauses. Das Baujahr 1914 prangte auf einer Sandsteinplatte oberhalb einer Flügeltür aus dunklem Eichenholz und mit eingesetzten Kristallglasfenstern. Die Haustür war nicht verschlossen, sodass Paul hinaufgehen konnte und direkt an der Wohnung läutete.

Jasmin war nicht auf Besuch eingestellt. Sie trug eine schlabbrige Trainingshose, dazu ein weit fallendes, graues Sweatshirt. Ihr rötliches Haar war zerzaust und ihr Gesicht mit einer grünblauen Masse beschmiert.

»Mein Gott, was ist das?«, fragte Paul mit gespieltem Entsetzen.

»Eine Maske, du Idiot. Die macht die Haut zart und beugt Falten vor.«

»Und wozu muss sie eine so eklige Farbe haben?«

»Das ist die Sorte Kaktusfeige, die sieht nun mal so aus.« Sie trat einen Schritt beiseite. »Willst du reinkommen oder besser gleich wieder gehen? Mir wäre Letzteres lieber. Und erwarte nicht, dass ich dich bekoche. Sebastian ist auf einer Tagung und ich auf Diät.«

Na toll, dachte Paul und hörte seinen Magen knurren.

Jasmin sah ihm sein Leiden wohl an und zeigte sich gnädig: »Ich kann eine Packung Erdnussflips für dich aufmachen, wenn du mich lieb darum bittest.«

»Besser als nichts«, nahm Paul dankend an und betrat die großzügig geschnittene Wohnung, die nicht nur mit vornehm hohen Zimmern, sondern auch mit

Parkettboden und sparsam platzierten Designermöbeln punktete. Im Wohnzimmer nahm er auf einem Ledersofa im puristischen Chic der Sechzigerjahre Platz, direkt unter einem großformatigen Bild. Abstrakte Kunst, die entfernt an die Werke des katalanischen Künstlers Joan Miró erinnerte.

»Da hast du ja einen guten Fang gemacht.« Paul konnte sich diese Bemerkung nicht verkneifen.

Jasmin riss die Flipstüte auf, warf sie Paul in den Schoß und knallte eine Flasche Bier auf den Tisch. Für sich selbst holte sie ein Mineralwasser. Dann lümmelte sie sich in einen Sessel ihm gegenüber.

»Ja, Sebastian hat Kohle«, sagte sie geradeheraus. »Aber das ist bei Weitem nicht sein einziger Vorzug.«

»So genau will ich es gar nicht wissen«, winkte Paul ab und stopfte mit Heißhunger die Erdnussflips in sich hinein. Auch wenn seine eigene kurze Affäre mit Jasmin viele Jahre zurücklag, konnte er einen leichten Anflug von Eifersucht nicht verhehlen. Noch immer bedeutete sie ihm sehr viel. Um schnell das Thema zu wechseln, kam er auf den jüngsten Todesfall zu sprechen.

»Was ist denn bei der kriminaltechnischen Untersuchung in der Wohnung von Herbert Welker herausgekommen? Gibt es schon Ergebnisse?«

»Das darf ich dir nicht sagen, wie du dir denken kannst. Dienstgeheimnis.«

»Sei doch nicht so. Dass du mir Infos steckst, wird niemand außerhalb dieser vier Wände erfahren. Wie immer. Also?«

»Nichts und wieder nichts. Die KTU war genauso überflüssig, wie ich es erwartet hatte.«

»Keine Fingerabdrücke?«

»Doch, natürlich. Etliche! Aber keiner davon fand sein Ebenbild in unserer Datenbank. Und auch sonst gibt es nicht den geringsten Hinweis auf Fremdverschulden. Bist du jetzt zufrieden?« Sie antwortete sich selbst: »Nein, denn Fakten sind dir ja egal, wenn du auf Mörderjagd bist.«

Sie hatte einen wunden Punkt getroffen, denn tatsächlich neigte Paul dazu, eher seinem Instinkt als der Faktenlage zu folgen. Also machte er sich gar nicht erst die Mühe, ihr etwas vorzuspielen, sondern brachte wieder seine fixe Idee vom Zusammenhang mit 1981 ins Spiel.

Jasmin hörte ihm mit gelangweilter Miene zu und nippte hin und wieder an ihrem Mineralwasser. Als Paul fertig war, sagte Jasmin: »Jaja, das alte Lied: Der böse Unrechtsstaat ist an allem schuld. Das Leben tadelloser Menschen wurde zerstört durch die Politik, die Justiz und allen voran die Polizei. Und nun – endlich! – nimmt die Gerechtigkeit ihren Lauf und richtet die wahren Schuldigen. Ist das deine Sicht der Dinge, Paul?«

»Überhaupt nicht«, beschwerte sich Paul über diese Zuspitzung. »Ich bin einfach auf der Suche nach einem Motiv, das eine Reihe derartiger Taten auslösen könnte, wobei mir die überzogenen Handlungen von damals durchaus geeignet dafür erscheinen.«

Jasmin ließ das nicht gelten und sprang für ihren Berufsstand in die Bresche: »Hast du eigentlich eine Vorstellung davon, wie es ist, als Polizeibeamter einer aufgebrachten Menge gegenüberzustehen, die nur darauf wartet, dir eins überzuziehen? Für viele verkörperst du als Uniformierter das Feindbild schlechthin. Die Leute projizieren all ihre aufgestaute Wut über ungerechte Behandlung durch Behörden oder was auch immer auf dich, nur weil du am Rande einer Demo stehst und aufpasst, dass niemand zu Schaden kommt. Unsere Jungs und Mädels von der Bepo setzen ihre Gesundheit aufs Spiel, um das Recht auf Meinungs- und Demonstrationsfreiheit zu schützen und die Chaoten auf Abstand zu halten. Und was ist der Dank dafür? Pfiffe, Tritte, fliegende Pflastersteine und oft auch eine schlechte Presse.«

»Ich habe mit keinem einzigen Wort die heutige Polizeiarbeit kritisiert«, stellte Paul klar. »Aber was in den Achtzigern abging, kannst du nicht schönreden.«

»Hör mal zu, Paul.« Jasmin gab ihre lässige Pose auf und setzte sich kerzengerade hin. »Selbst wenn ich alles durch die Brille einer Polizistin sehen mag, kommst auch du nicht umhin, gewisse Fakten anzuerkennen: Meine Kollegen befanden sich zu dieser Zeit in einer ganz besonderen und für sie ungewohnten Situation.« Sie suchte nach Worten, um Paul ihre Sicht der Dinge begreiflich zu machen. »Die Polizeiarbeit, so wie man sie bis dahin kannte, funktionierte nicht mehr. Das lag an einer Veränderung des Rechtsbewusstseins. Ausgegangen ist dieser Trend von einem zunächst noch kleinen, aber umso aktiveren Teil der Gesellschaft.« Jasmin erinnerte an die Terrorakte der Baader-Meinhof-Bande und später der RAF, an Bombenattentate, Entführungen wie die des Arbeitgeberpräsidenten Hanns Martin Schleyer im September 1977 und der Lufthansa-Maschine *Landshut* einen Monat darauf. »Ständige Bereitschaft in der Nacht und am Wochenende gehörte plötzlich auch im vorher ruhigen Nürnberg dazu, erst recht nach dem Tod der Terroristin Elisabeth von Dyck.«

»Der Name sagt mir nichts.«

»Sie ist 1979 bei einem Festnahmeversuch in der Stephanstraße von einem Beamten erschossen worden. Daraufhin heizte sich die Atmosphäre weiter auf. Es kam zu Hausbesetzungen, Kasernenblockaden und gewalttätigen Demos.«

»Das war mir in diesen Ausmaßen nicht bewusst«, gestand Paul ein. »Zumindest nicht für Nürnberg.«

Doch Jasmin war noch nicht am Ende: »Ab Herbst 1980 wurde es noch schlimmer. Bei den Demos gab es immer öfter richtig Zoff. Es wurden so viele Kräfte im Schutz- und Ordnungsdienst gebraucht, wie das heute höchstens noch bei Fußballspielen der Fall ist. Kannst du dir vorstellen, was für eine enorme Mehrbelastung an Arbeit und Überstunden das war? Allein 1981 hat es in Nürnberg über hundertdreißig Kundgebungen und Aufzüge gegeben. Das ist oft ein Thema in der Kantine, denn die älteren Kollegen wissen heute noch ein Lied davon zu singen.«

»Das klingt wirklich nach Stress«, sah Paul ein, mochte aber trotzdem nicht von seiner grundsätzlichen Meinung abrücken. »Wenn du für einen Moment deine Polizistenbrille, wie du sie nennst, abnimmst und die eines inhaftierten Demonstranten aufsetzt, wird vielleicht doch ein Schuh draus. Denn so wie sich die Ordnungshüter von gewalttätigen Protestlern unter Druck gesetzt fühlten, taten das die jungen Leute von einem vermeintlichen Polizeistaat auch. Sie sahen sich im Recht und wähnten sich in der Rolle von Verteidigern freiheitlicher Werte.«

»Indem sie in Flugblättern offen zu Anschlägen gegen Innenminister Tandler aufriefen und die U-Bahnhöfe mit RAF-Schmierereien überzogen?«, höhnte Jasmin.

»Ich lade dich gern dazu ein, dir die Akten in unserem Archiv anzusehen. Du wirst staunen, was in Nürnberg damals alles abging. Wir standen dicht vor der Anarchie.«

»Jetzt übertreibst du wirklich.«

»Auch wenn es dir nicht passt: Ich kann mich sehr gut in meine damaligen Kollegen hineinversetzen und möchte nicht mit ihnen tauschen. Die Jungs und Mädels taten nichts weiter als ihre Pflicht.«

»Mit deiner Fixierung auf irgendwelche Dienstpflichten könntest du auch die Gestapo rechtfertigen.«

»Jetzt bist du es, der übertreibt!«

»Ach ja? Wie sah diese Pflicht denn aus?«, fragte Paul provokativ. »Ich bin gespannt, wie du als Polizistin die Ereignisse rechtfertigst.«

»Rechtfertigen? Dafür sehe ich überhaupt keinen Anlass. Ich bin solidarisch mit meinem Berufsstand.«

»Tu es mir zuliebe.«

Jasmin blieb gefasst: »Da gibt es nichts zu rechtfertigen. Die Abläufe sind ja auch hinlänglich bekannt: In der Nacht wurden die Beteiligten vorläufig festgenommen. Es folgte das übliche Verfahren: Erkennungsdienstliche Behandlung, danach ging's ab zur Prüfung der Haftfrage durch die Justiz. Damit war der polizeiliche Auftrag beendet.«

»Das ist alles?«

»Ja.«

»Mag sein, dass sich die polizeiliche Arbeit darauf verkürzen lässt. Aber für die Betroffenen ist es da erst richtig losgegangen: Hunderteinundvierzig von den Protestierenden wanderten per Haftbefehl in den Knast.«

»Das steht auf einem anderen Blatt«, zog sich Jasmin aus der Affäre.

Jetzt wurde Paul sauer: »Ich kann verstehen, dass du über die Arbeitsbedingungen bei der Polizei klagst, aber daraus eine Rechtfertigung des Vorgehens von damals abzuleiten ist einfach zu viel. Du vertrittst hier eine Hardlinerposition, die überhaupt nicht zu dir passt. Im Grunde ist das ja richtig antidemokratisch.«

»Was zu mir passt und was nicht, hast du nicht zu beurteilen!«, giftete Jasmin ihn an. Offenbar hatte er sie in die Ecke gedrängt.

»Du kannst es dir doch nicht so verdammt leicht machen! Es ist mir ja klar, dass wir die Geschichte nicht neu schreiben können. Das ist auch gar nicht meine Absicht. Mir geht es einzig und allein um die Folgen. Um Auswirkungen, die womöglich bis in unsere heutige Zeit hineinreichen.«

»Deine Vermutung ist doch unsinnig. Du zimmerst dir da mal wieder eine Theorie zurecht, ohne auch nur einen einzigen vernünftigen Anhaltspunkt dafür zu haben, geschweige denn Beweise«, hielt Jasmin ihm vor.

Paul merkte, dass Jasmin aus dieser Nummer nicht mehr rauskam, ohne ihr Gesicht zu verlieren. Daraufhin legte er die leere Flipstüte beiseite und beugte sich zu ihr vor. Beschwörend sah er sie an: »Bitte rede mit deinem Chef über die Todesfälle. Irgendjemand sorgt dafür, dass ein Senior nach dem anderen das Zeitliche segnet, und wenn ihr dem nicht ein Ende setzt, sind bald auch die letzten beiden Stammtischbrüder dran ...«

»... behauptet Meisterdetektiv Paul Flemming, wie üblich in maßloser Überschätzung seiner Kombinationsgabe«, nahm ihn Jasmin auf den Arm. »Schon vergessen? Die Opas starben an Unfällen, Fremdverschulden war nicht nachzuweisen.«

»Weil ihr es nicht einmal versucht habt!«, protestierte Paul.

Jasmin fuhr sich mit der Hand durchs Haar. »Darf ich dir einen gut gemeinten Rat geben?! Du hast dich in etwas verrannt und kommst von allein nicht mehr frei. Da hilft nur eins: Vergiss die Sache.«

Genau das konnte er nicht, weil die Taktik der Verdrängung bei ihm nicht funktionierte und weil er wusste, dass er sein Wesen mitsamt seinen Eigenarten nicht verleugnen konnte. Ja, er liebte es, Fälle aufzuklären, je verzwickter, desto besser. Sich in Situationen und in andere Menschen hineinzudenken und nach Lösungen zu suchen war seine große Leidenschaft. Wie ein Schaulustiger an den Rand gestellt zu werden, kam für ihn nicht infrage.

Paul stand auf, bedankte sich für Flips und Bier und ging zur Tür. Auf das übliche Wangenküsschen verzichtete er diesmal. Nicht nur, weil er keinen gesteigerten Wert darauf legte, nähere Bekanntschaft mit der Kaktusfeigenmaske zu machen.

16

Als Paul sich ins Auto setzte, um das kurze Stück nach Hause zu fahren, zweifelte er aber doch an seinem Verstand. Auf Teufel komm raus wollte er einen Täter finden, den es wahrscheinlich gar nicht gab. Damit machte er sich zum Affen, was schlimm genug war, aber er war auch drauf und dran, Freundschaften aufs Spiel zu setzen. Jasmin musste seinen Aktionismus nicht nur als Einmischung in ihre Angelegenheiten verstehen, sondern könnte dieses Verhalten auch als Angriff auf ihre Berufsehre missinterpretierten. Also musste er ab jetzt sehr zurückhaltend agieren, wenn er nicht weiteres Porzellan zerschlagen wollte.

Tief in seinen Gedanken versunken, schenkte er dem Straßenverkehr zu wenig Beachtung, fuhr viel zu langsam und wurde von zwei Autos überholt, deren Fahrer hupten und ihm böse Blicke zuwarfen. Paul mahnte sich zu mehr Aufmerksamkeit, ließ sie vorbeiziehen und zockelte weiter in Richtung Kleinweidenmühle.

Beim Blick in den Rückspiegel fiel ihm auf, dass er nicht der einzige Bummelant auf der Straße war. In gebührendem Abstand folgte ihm ein blauer Kleinwagen, offenbar ein VW Scirocco. Am Steuer saß wohl ein Rentner, spekulierte Paul. Oder es handelte sich um ein Pärchen, das es nicht besonders eilig hatte. Es konnte auch sein, dass der Fahrer hinter ihm einen über den Durst getrunken hatte und daher so schlich. Aber das muss ja nicht meine Sorge sein, dachte Paul und setzte den Blinker, um abzubiegen.

Kurz darauf wurde auch der Blinker des Scirocco eingeschaltet.

Der wohnt wohl in derselben Gegend wie ich, überlegte Paul noch immer ohne Argwohn. Das änderte sich erst, als der Wagen hinter ihm auch den nächsten Wechsel der Fahrtrichtung mitmachte. Nun maß Paul dem vermeintlichen Zufall schon mehr Bedeutung zu.

Da sein Misstrauen geweckt war, schlug er einen Umweg ein und erhöhte dabei leicht das Tempo. Der Scirocco blieb an ihm kleben, selbst nachdem Paul zweimal mehr oder weniger im Kreis gefahren war. Das erschien ihm ziemlich verdächtig, und er überlegte, was zu tun sei. Ständig weiter herumzufahren würde das Problem nicht lösen. Wenn er den Frankenschnellweg ansteuerte, könnte er versuchen, den anderen auf der Autobahn abzuhängen. Aber dann würde er nicht erfahren, wer sich hinter seinem heimlichen Schatten verbarg. Außerdem war sich Paul gar nicht sicher, wer am Ende das Rennen machen würde: der VW oder sein Renault? Im Zweifel wohl eher der sportliche Scirocco.

Paul drehte gerade die nächste Ehrenrunde, als ihm die Sache zu dumm wurde. Nun wollte er es wissen! Er fuhr heim, stellte seinen Renault auf einem der Anwohnerplätze an seinem Haus ab, stieg aber nicht aus. Kurze Zeit später sah er die Scheinwerfer des anderen Wagens, dessen Fahrer ebenfalls einen Parkplatz zu suchen schien. Paul wartete, bis die Lichter erloschen. Als sich danach nichts rührte und der andere keine Anstalten machte, auszusteigen, riss Paul endgültig der Geduldsfaden. Er öffnete schwungvoll die Tür seines Wagens, ging strammen Schrittes auf den Scirocco zu und klopfte energisch gegen die Scheibe.

Seine Verblüffung war groß, als er in ein ebenso erstauntes, aber vertrautes Gesicht blickte.

»Alex?«, fragte er verdattert.

»Hallo, Paul«, grüßte dieser.

»Was verschlägt dich denn hierher?«

Lächelnd antwortete Alexander: »Ich bin mit Hannah verabredet. Ich sollte sie gegen neun bei euch abholen. Sie hat Katinka besucht.«

Paul entdeckte einen Strauß roter Rosen auf dem Beifahrersitz, der Alexanders Aussage plausibel machte. Dennoch musste Paul klären, weshalb Alexander ihm gefolgt war: »Gibt es einen besonderen Grund dafür, mich zu beschatten?«

»Ich verstehe nicht, was du meinst«, sagte Alexander stockend.

»Du bist hinter mir hergefahren. Warum?«

Alexander schien unangenehm berührt davon zu sein, dass sein künftiger Schwiegervater ihm misstraute, und machte einen verlegenen Eindruck. »Ich kenne mich noch nicht besonders gut aus in Nürnberg, mein Navi hat den Geist aufgegeben, und mein Handyakku ist leer. Als ich zufällig deinen Renault vor mir auftauchen sah, habe ich gedacht: Paul, dich schickt der Himmel. Also habe ich mich einfach drangehängt. So kam ich doch noch zum Ziel.«

Paul versuchte aus Alexanders Gesicht zu lesen, doch dazu war es zu dunkel. »Woher kanntest du denn mein Auto?«

»Weil ich es neulich benutzt habe und Alex mitgefahren ist«, sagte eine weibliche Stimme von hinten. »Mach bloß kein Drama draus!«

Diese patzig vorgebrachte Antwort kam von Hannah, die unversehens aufgetaucht war. Sie trug eine fesche Bluse zu knackig engen Bluejeans, ihr üppig gelocktes Haar wippte auf ihren Schultern. Mit energischer Geste schob sie Paul aus dem Weg und stieg zu Alexander in den Scirocco.

»Wir haben's eilig«, sagte sie und gab Paul damit zu verstehen, dass er verduften sollte.

Alexander ließ den Motor an, doch Paul wollte nicht gehen, bevor er ihn nicht nach Fortschritten bei seiner Recherche gefragt hatte: »Hast du schon irgendetwas rausgefunden?«

»Nicht besonders viel«, sagte Alex bedauernd. »Ich habe drei Leute ausfindig machen können, die aktiv in der linken Szene waren. Mit zweien konnte ich sprechen. Beide sind noch immer sauer über das, was ihnen damals widerfahren ist. Sie sprachen von Freiheitsberaubung und Schikane, meinten aber auch, dass durch die vielen Presseartikel und Gegenklagen der Gerechtigkeit Genüge getan sei. Für sie ist die Sache erledigt.«

»Für mich auch, wenn wir nicht endlich losfahren«, trieb Hannah ihren Freund zur Eile. »Bist du mit mir verabredet oder mit Paul?«

»Mit dir natürlich«, sagte Alex und gab ihr einen Kuss.

Paul wartete die Liebkosung geduldig ab, bevor er fragte: »Was ist mit dem Dritten?«

»Ach ja, der war nicht zu Hause. Aber eine Nachbarin gab den Tipp, dass er abends fast immer im *Casablanca* abhängt. Ich habe es nicht mehr geschafft, dorthin zu fahren, aber du kannst ja mal dein Glück probieren. Georg Schuster heißt der Mann, aber er hört nur auf den Namen Schorsch, sagt seine Nachbarin.«

»Gute Idee«, meinte Hannah. »Fahr hin, dann hast du was zu tun und lässt uns in Ruhe.«

Es fiel Paul schwer, zu verstehen, weshalb sich Hannah ihm gegenüber so zickig und patzig verhielt.

Eigentlich hatte er in der *Roten Bar* den Eindruck gewonnen, als wünschte sie sich ein gutes Verhältnis zwischen Alex und ihm. Daher sollte Hannah sich doch freuen, dass sie nun etwas teilten. Aber ein allzu kumpelhaftes Verhältnis schien der eigensinnigen jungen Dame auch wieder nicht recht zu sein. Typisch Hannah, dachte sich Paul.

Alexander musste das Gefühl haben, zwischen zwei Stühlen zu sitzen. Mit einem Blick, der um Verständnis warb, sagte er: »Wir sehen uns ja morgen, Paul.«

»Morgen?«

»Na klar, zur Weinprobe für die Verlobung. Hat dir Jan-Patrick nichts davon gesagt?«

Paul verstand den Wink. »Ach ja, die Weinprobe. Um wie viel Uhr soll das eigentlich stattfinden?«

»Am Nachmittag, so gegen vier.«

Hannahs Locken begannen gefährlich zu vibrieren, woraufhin Paul den frisch Verlobten einen schönen Abend wünschte und sich zurückzog.

Er sah dem Scirocco nach, bis er um die Ecke bog, und sagte leise zu sich selbst: »Seltsam. Alles sehr seltsam.«

17

Die Kneipe des Kultkinos *Casablanca* war etwas ganz Besonderes, das fand Paul schon immer: eine Bar mit Charakter, Flair und nicht zuletzt sehr zivilen Preisen. Echt Südstadt eben. Als Paul den Gastraum betrat, herrschte reger Betrieb. Die Kneipe war nicht besonders groß. Ein Manko, das durch einen überdimensionalen Spiegel ausgeglichen werden sollte, der den Platz verdoppelte – zumindest optisch.

Paul drängte sich bis an die Theke durch und bestellte bei einer Frau mit Rastalocken ein Zwickl-Bier. Im gleichen Atemzug erkundigte er sich nach Schorsch. Die junge Frau wusste sofort, wen er meinte, und zeigte auf einen etwas verlebt wirkenden Mann am anderen Ende des Tresens. Paul schätzte, dass Schorsch etwa aus demselben Jahrgang stammte wie er selbst. Na ja, vielleicht mochte er auch fünf Jahre älter sein. Mit dem Zwickl in der Hand bahnte sich der Hobbydetektiv seinen Weg hinüber zu ihm.

Ohne große Umschweife ließ Paul seine Flasche an den Bierkrug des anderen klirren. »Hi. Ich bin Paul.«

Der Angesprochene schob sich eine Tolle seines langen, grauen Haars aus der Stirn. »Ich kenn dich. War mal auf ner Fotoausstellung von dir. Im *KOMM* war das, glaub ich.« Er reichte Paul die Hand. »Ich bin der Schorsch.«

»Das trifft sich gut.«

»Dass ich Schorsch bin? Hast du mich gesucht, um mit mir über dein Kind zu sprechen?«

»Nein, ich habe gar kein Kind, jedenfalls kein leibliches. Wieso?«

»Ich bin Lehrer an der Herschel-Mittelschule. Der Kommunikationsbedarf mancher Eltern ist mitunter recht groß. Diese überbehütenden Helikoptereltern folgen mir sogar bis in die Kneipe. Kennst du den Begriff? Helikopter – soll heißen, dass sie ständig über ihrem Nachwuchs schweben und nichts unkontrolliert lassen. Passt ja prima zu unserem modernen Überwachungsstaat.« Er lachte über seine eigene Bemerkung, bevor er noch einmal fragte: »Also, was trifft sich gut?«

»Dass du das *KOMM* erwähnt hast.«

Schorsch nahm einen Schluck aus seinem Krug, bevor er durchaus interessiert sagte: »Du willst wohl eine Fotostrecke machen. Hat mich jemand als Insider empfohlen?«

»So in etwa, ja. Was ich brauche, sind einige Hintergründe«, stieg Paul darauf ein. »So kann ich mich besser einstimmen auf meine Bilder.«

»Was willst du denn wissen?«

Paul stellte ihm einige unverfängliche Fragen und orderte für sie beide eine zweite Runde Bier, bevor er allmählich auf sein eigentliches Anliegen zu sprechen kam. Schorsch erwies sich als kooperativ und machte keinen Hehl daraus, dass er seinerzeit zu den Rabauken gezählt hatte: »Ich war immer eher ein Nicht-Pazifist, wenn man das so sagen kann. Den gewaltsamen Widerstand gegen staatliche Repressalien und Aggression fand ich legitim. Mit Worten allein kam man ja nicht weiter, wenn man bei den Betonköpfen etwas erreichen wollte. Also haben wir mobilgemacht gegen die imperialistische Politik der Amerikaner und ihren deutschen Vasallenstaat.«

»Ein echter Achtundsechziger also«, folgerte Paul.

»Dieser Begriff wurde ja erst später geprägt. Ich mag es nicht, wenn man die Menschen in Schubladen steckt, zumal ich damals noch zu jung war. Meine aktive Zeit begann ja erst in den späten Siebzigerjahren. Aber ja, ich habe schon früh aufgeschaut zu den Heranwachsenden, die laute Popmusik hörten und sich auflehnten, das gehörte dazu. Und sobald ich alt genug war, habe ich mitgemischt. Unsere Jugend war durch und durch politisch, ganz das Gegenteil zu den Generationen Golf, Y oder wie auch immer sie sich nennen.« Mit leiser Selbstkritik fügte er hinzu: »Trotzdem waren wir nicht die besseren Menschen. Wenn ich heute an die alten Zeiten zurückdenke, frage ich mich manchmal sogar, ob wir damals verrückt gewesen sind.«

»Im Sinne von ›übers Ziel hinausgeschossen‹?«

»Nicht, was die Resultate anbelangt: die sexuelle Befreiung, das Antiautoritäre, um nur zwei Beispiele zu nennen. Da ist vieles erreicht worden in diesen überaus bewegten Jahren. Aber das, was sonst noch daraus erwuchs, bereitet mir bis heute Bauchschmerzen.«

Paul wollte wissen, was er damit meinte. Daraufhin schaute Schorsch tief in sein Glas und ließ sich Zeit mit seiner Antwort:

»Lass es mich versuchen zu erklären: Die sogenannte Studentenbewegung galt ja als libertär und unterstützte die Befreiungsbewegungen der Armen und Unterdrückten in der Dritten Welt. In diesem Geiste handelte auch die Clique, der ich angehört habe. Wenn wir für Rabatz sorgten, haben wir für unsere Überzeugungen gekämpft. Wir waren aufrichtige Weltverbesserer, so jedenfalls haben wir uns gesehen. Aber Anfang der Achtziger begann sich die linke Szene auch in Nürnberg zu radikalisieren.

Viele gingen zu den Spontis, andere waren bloß noch auf Krawall aus und verloren dabei ihre eigentlichen Ziele aus den Augen. Einige wenige verschrieben sich dem Terrorismus. Damit war eine Grenze überschritten, die ich nicht übertreten wollte. Denn das ging selbst mir zu weit, obwohl ich gewiss nicht zimperlich war.«

»Eine Zuspitzung, die in den Ereignissen vom Frühjahr 1981 gipfelte?«

Schorsch atmete tief ein und wieder aus. »Ich war und bin noch immer ein radikaler Verfechter der Rede- und Meinungsfreiheit. Nicht mehr und nicht weniger hatten wir im Sinn, als wir damals auf die Straße gingen.«

»Notfalls mit Gewalt ...«

»Durchaus, wobei ich persönlich nie Gewalt gegen Personen ausgeübt habe. Nur gegen Sachen. Wie schon gesagt: Ich zähle mich weder zu den Anarchos noch zu den Terrorjunkies. Betrachte mich schlicht und einfach als Friedens- und Freiheitskämpfer alter Schule«, meinte er mit einem Schmunzeln im zerknitterten Gesicht.

»Aber Steine geworfen hast du schon«, versuchte Paul weiter, ihn aus der Reserve zu locken.

»Ein- oder zweimal«, gab Schorsch zu und schränkte sogleich ein: »Es war naiv. Allerdings naiv im kantischen Sinn, als Ausdruck einer menschlichen Aufrichtigkeit angesichts der üblichen Falschheit.«

Was die Sache an sich nicht besser macht, dachte Paul. »Würdest du es wieder tun?«

»Nein. Die Zeiten haben sich nun mal geändert – vielleicht auch durch unser Mitwirken. ›Heute brauchen wir nicht still zu sein. Einigermaßen anständig zu bleiben ist nicht gefährlich.‹ Das ist übrigens ein Zitat des von mir hochgeschätzten Hermann Glaser, der damals mit

Inbrunst gegen die Willkür bei der Massenverhaftung angekämpft und für einen politischen Klimawechsel gesorgt hat. Vieles ist seitdem anders geworden.« Er sah Paul an, lächelte. »Ich muss anerkennen, dass die Staatsmacht mich als Lehrer zugelassen hat. Trotz meiner Vergangenheit. Das nenne ich ein echtes Friedensangebot!«

Selbst ein ehemals Aktiver wie Schorsch hatte also mit der Vergangenheit abgeschlossen. Von Revanchegedanken keine Spur. Spätestens jetzt ahnte Paul, dass es schwer sein würde, den Mörder unter den Beteiligten der Massenverhaftung zu finden.

18

Arbeiter, die unter ihren Helmen schwitzten, lärmten mit Presslufthämmern und Steinschneidern, dass der Boden unter ihren Füßen nur so zitterte. Grauer Sandstaub kratzte in der Kehle, brachte die Augen zum Tränen und legte sich wie Mehl auf Haare, Schultern und Ärmel.

Paul stand tags drauf an der Seite von Jan-Patrick und staunte, wie flink und rigoros die Bauleute ihre Arbeit erledigten. Mit Stahlplatten und Spannseilen, Isoliermaterial und Zement sicherten sie die Frontseite von Jan-Patricks marodem Neuerwerb ab. Mit diesen Maßnahmen sollte das gleich nach dem tödlichen Zwischenfall angebrachte Provisorium ersetzt werden.

»Ich mag gar nicht daran denken, was das alles kostet«, klagte Jan-Patrick.

»Dafür kannst du jetzt sicher sein, dass niemand mehr zu Schaden kommt«, meinte Paul. »Könnten wir uns wohl noch einmal das Fenster ansehen, das seinen Sims verloren hat?«

Jan-Patrick stimmte mit sichtlichem Widerwillen zu und führte ihn in das entsprechende Zimmer. Paul öffnete den Fensterladen und kniff, von der tief stehenden Morgensonne geblendet, die Augen zusammen. Er beugte sich aus dem Fenster und musterte die Abbruchkante.

»Suchst du etwas Bestimmtes?«, fragte Jan-Patrick, der dicht hinter ihm stand.

»Immer noch das Gleiche«, sagte Paul. »Anzeichen dafür, dass jemand nachgeholfen hat. Vielleicht haben wir beim letzten Mal etwas übersehen.«

Paul schaute genau hin und befühlte den porösen Sandstein mit den Fingerspitzen. Er ertastete die Abbruchkante, die willkürlich gezackt und von unzähligen Steinkrumen und abgeplatztem Fugenmaterial gesäumt war. Das Ergebnis natürlicher Verwitterung, befand Paul, gab sich jedoch noch nicht zufrieden. Schließlich wurde er fündig, als er ganz am Rand des Sockeleinsatzes, dicht unterm Fensterbrett, einige regelmäßige Kerben ausmachte – jeweils einen guten Zentimeter breit.

»Hast du was entdeckt?«

»Möglicherweise«, sagte Paul und rückte zur Seite, damit auch der Wirt aus dem Fenster blicken konnte. »Diese Kerben könnten von einem Stemmeisen stammen.«

Jan-Patrick folgte Pauls Fingerzeig und verzog den Mund. »Und wennschon. Der Stein ist irgendwann einmal in Form gebracht worden, und Steinmetze arbeiten für gewöhnlich mit Stemmeisen.«

»Klar, die Vertiefungen können alt sein, vielleicht aber auch nicht. Was, wenn der Mörder an dieser Stelle Vorarbeit geleistet hat, sodass er dem Sims im entscheidenden Moment nur noch einen kleinen Schubs geben musste?«

»Mmm. Du meinst, es hat tatsächlich jemand nachgeholfen?«

»Natürlich müsste man das fachmännisch überprüfen.«

»Sollte es wirklich so sein, würde mich das entlasten«, meinte Jan-Patrick und witterte eine Chance, sich die Strapazen eines Prozesses und die Scherereien mit seiner Versicherung zu sparen – ganz abgesehen von der Schuld, die ihm dann von den Schultern genommen würde. »Kann man feststellen, ob die Einkerbungen erst vor Kurzem entstanden sind?«

»Ich denke schon«, gab sich Paul optimistisch. »Mit der heutigen Kriminaltechnik ist fast alles möglich.«

Daraufhin tastete Jan-Patrick seine Jacke nach seinem Handy ab.

»Nein, warte«, bremste ihn Paul. »Du willst die Polizei hinzuziehen, ja? Das ist gut, aber lass es uns richtig angehen. Wenn du bei denen in der Zentrale landest, verlieren wir nur Zeit. Überlass das also lieber mir. Ich werde es über den kurzen Dienstweg versuchen.«

Jan-Patrick roch sogleich den Braten: »Du willst Jasmin Stahl einspannen.«

»Ja«, sagte Paul und wurde augenblicklich vom schlechten Gewissen geplagt, weil er sie ja erst am Vorabend mit seinen Spinnereien genervt hatte.

Paul erreichte das Polizeipräsidium am Jakobsplatz eine knappe halbe Stunde später. Wie es der Zufall wollte, traf Jasmin fast zeitgleich mit ihm an der Hauptpforte ein, wo eine junge Polizistin hinter zehn Zentimeter Panzerglas gerade damit beschäftigt war, für Paul einen Besucherausweis auszustellen. Sie war ausgesprochen freundlich, sprach aber ein seltsames Fränkisch mit schwäbischem Einschlag.

»Autsch!«, rief Paul, weil ihm Jasmin zur Begrüßung in den Hintern gekniffen hatte.

»Willst du zu mir?«, fragte sie.

»Denkst du etwa zu Schnelleisen?«

»Was liegt an? Ich dachte, wir hätten uns gestern ausgesprochen. Außerdem bin ich eh schon viel zu spät dran und muss dringend ins Büro. Mach's also bitte kurz!«

»Ich war noch einmal in dem Haus an der Lammsgasse. Ich meine, es würde sich doch lohnen, die Spusi in Bewegung zu setzen.«

»Vergiss es, Paul. Der Flop in Welkers Wohnung hat voll und ganz gereicht«, sagte Jasmin entnervt und wandte sich der Pförtnerin zu. »Der Herr braucht keinen Ausweis, er geht gleich wieder.«

»Tue ich nicht«, stellte sich Paul stur. »Ich habe Spuren entdeckt, die untersucht werden müssen. Kriegst du das durch?«

»Bei der Faktenlage? Nie und nimmer.«

»Kannst du es nicht wenigstens versuchen?«

»Verschwinde, ehe es dir leidtut«, zischte Jasmin.

Das saß. Patzig gab Paul zurück: »Pass lieber auf, dass dir später nichts leidtut.«

Eine Weile verfolgte die Polizistin hinter dem Panzerglas den Schlagabtausch stumm und mit unschlüssiger Miene, als ob sie nicht wüsste, auf wessen Seite sie sich bei dem Disput, der sich direkt vor ihrer Nase abspielte, schlagen sollte. Doch dann hatte sie einen Einfall, wie sie den Streit schlichten konnte: Sie schob einen Umschlag durch den Spalt unterhalb des Panzerglases und sagte: »Wo ich Sie gerade hier habe, Frau Stahl – das ist für die Spende. Möchten Sie sich auch beteiligen?«

Jasmin sah sie verwirrt an. »Was denn für eine Spende? Heiratet schon wieder wer oder ist jemand gestorben?«

»Leider ja«, bestätigte die Pförtnerin. »Ein ehemaliger Kollege von der Schupo. Ich weiß nicht, ob Sie ihn überhaupt noch kennengelernt haben: Oberwachtmeister Helmbrecht.«

Jasmin erstarrte ebenso wie Paul. Sie räusperte sich mehrmals und vergewisserte sich mit erstickter Stimme: »Helmbrecht? Walter Helmbrecht?«

»Ja, genau der«, bestätigte die Frau hinterm Glas.

Paul trat vor. »Lassen Sie mich raten: Er hatte einen Unfall.«

Die junge Polizistin schaute erst ihn und dann Jasmin an. Nachdem diese ihr auffordernd zugenickt hatte, verriet sie: »Nein, kein Unfall. Herzversagen.« Als sie die verdutzten Gesichter der anderen sah, fügte sie hinzu: »Nicht ungewöhnlich in seinem Alter. Oder?«

Statt in ihr Dienstzimmer zu gehen, führte Jasmin Paul auf direktem Wege wieder aus dem Präsidium hinaus und geleitete ihn ins benachbarte Café. Dort genehmigte Jasmin sich einen doppelten Espresso, schaufelte drei gehäufte Löffel Zucker hinein und kippte alles in einem Zug hinunter. Erst danach war sie bereit dazu, sich auf Paul einzulassen.

»Also gut«, sagte sie und blickte sich gehetzt um, als würde sie an den Nachbartischen die Spitzel von Hauptkommissar Schnelleisen erwarten. »Jetzt hast du mich so weit gekriegt, dass ich ebenfalls beginne, an Gespenster zu glauben.«

»Ich wasche meine Hände in Unschuld«, sagte Paul. »Die Pförtnerin war es, die die schlechte Nachricht überbracht hat.«

»Vier tote Rentner, die einander nahestanden, innerhalb einer so kurzen Zeit – das kann nicht mit rechten Dingen zugehen.«

»Sage ich ja andauernd! Außerdem habe ich neulich erst mit Helmbrecht telefoniert und ein ganz komisches Gefühl dabei gehabt. Er war sehr abweisend, gleichzeitig machte er den Eindruck, als würde er sich vor etwas oder jemandem fürchten.«

»Trotzdem bleibt es dabei, dass mir die Hände gebunden sind. Wie es aussieht, liegt kein begründeter

Anfangsverdacht vor. Auch für den jüngsten Todesfall, den Herzinfarkt, ist gewiss ein hochoffizieller Totenschein ausgestellt worden. Da gibt es für uns keinen Anlass für Ermittlungen.«

»Dann setz dich über euer unflexibles Regelwerk hinweg und unternimm auf eigene Faust etwas«, schlug Paul vor.

»Das kann ich nicht«, entgegnete Jasmin. »Nicht ohne grünes Licht von der Staatsanwaltschaft und meinem Chef.«

»Früher hast du so was nicht so eng gesehen«, stichelte Paul. »Ist es das komfortable Leben an der Seite deines Stararchitekten, das dich bequem werden lässt?«

Jasmin warf ihm Blicke wie Giftpfeile zu. »Hör auf mit der Stichelei, das hat mit Sebastian nicht das Geringste zu tun. Du kennst die Spielregeln ganz genau.«

»Dann sorge wenigstens dafür, dass dem Letzten im Bund nichts passiert: Otto Hagenau darf nicht das gleiche Schicksal ereilen wie seine Freunde. Versprich mir, dass du für ihn Personenschutz beantragst.«

Jasmin zuckte hilflos mit den Schultern. »Auch das liegt nicht in meiner Macht«, sagte sie mit gequältem Gesichtsausdruck, rang sich dann aber doch noch ein kleines Zugeständnis ab: »Ich werde dafür sorgen, dass vor seinem Haus öfter mal eine Streife vorbeifährt. Das kann ich veranlassen, ohne große Wellen zu schlagen.«

Nun hatte Paul sie also doch an der Angel. Er zögerte nicht, daran zu ziehen: »Ich hätte da noch eine Idee.«

»Kaum reicht man ihm den kleinen Finger, nimmt er gleich die ganze Hand«, sagte Jasmin, wohl wissend, dass Paul nach ihrem kleinen Entgegenkommen nicht mehr lockerlassen würde.

»Es ist jetzt kurz nach zwölf, also Mittagszeit. Was hältst du davon, wenn du den Rest deiner Pause dafür opferst, mich in Jan-Patricks Hotelruine in der Lammsgasse zu begleiten?«

»Wozu soll das gut sein?«

»Habe ich doch schon gesagt: Ich war vorhin dort und habe dabei etwas entdeckt, das uns vielleicht weiterbringen könnte. Kerben unterm Fensterbrett, womöglich von einem Stemmeisen. Sie sahen frisch aus.«

»Woraus schließt du das?«

»Es hatten sich noch keine Moose oder Flechten darin gebildet. Schau es dir an, und wenn du ebenfalls überzeugt bist, setzt du die Spurensicherung in Trab. Versprochen? Es sind Handwerker im Haus, die Tür steht also offen. Und Jan-Patricks Einverständnis können wir voraussetzen.« Paul stand auf und griff Jasmin in die Armbeuge. »Gehen wir?«

Sie sträubte sich nur noch schwach. »Meinetwegen. Aber länger als eine halbe Stunde darf es nicht dauern, sonst schreibt mich Schnelleisen zur Fahndung aus.«

In Jan-Patricks Abbruchbude in der Lammsgasse ging es noch immer zu wie auf einer Großbaustelle. Paul führte Jasmin an einer kreischenden Kreissäge im Flur und an einer Gruppe vespernder Handwerker vorbei, die es sich auf den abgewetzten Treppenstufen bequem gemacht hatten. Paul dirigierte seine Begleiterin nach oben, drückte eine Kunststoffplane beiseite und betrat das fragliche Zimmer. Dort, am Fenster zur Straße, hatte möglicherweise der Mörder auf der Lauer gelegen, um im entscheidenden Moment den schweren Stein aus seiner Verankerung zu lösen.

»Dann zeig mal, was du entdeckt hast!«, forderte Jasmin ihn auf.

Doch als sie den Raum durchschritten, den Paul am Morgen untersucht hatte, schwante ihm Böses. Überall auf dem Boden verteilt sah er die Hinterlassenschaften der Arbeiter: daumendicke Schrauben, Unterlegscheiben und Zementflecken, groß wie Kuhfladen. Das sagte ihm, dass sich die Bauleute mittlerweile auch die Wohnungen der oberen Etagen vorgenommen hatten.

Als Paul das Fenster öffnete und sich hinauslehnte, bestätigte sich seine Befürchtung: Die Stelle, an der der hinabgestürzte Sims eine Lücke in die Fassade gerissen hatte, war zwischenzeitlich aufgefüllt und die Sandsteinquader daneben mit Armierungseisen fixiert worden. Von den verräterischen Rillen war nichts mehr zu sehen, stellte Paul voller Enttäuschung fest. Selbst wenn man das neue Material wieder herausreißen würde, könnte wohl niemand mehr mit Gewissheit sagen, welche Werkzeugspuren schon vor den Sanierungsarbeiten vorhanden gewesen waren.

»Fehlanzeige?«, fragte Jasmin, die Pauls bekümmerte Miene richtig deutete.

»Leider ja. Wir sind zu spät gekommen.«

»Das ist typisch für diese ganze Angelegenheit. Es gibt einfach keine Beweise.«

19

Paul überlegte, wie er die Stunden bis zur Weinprobe mit Alex im *Goldenen Ritter* totschlagen könnte. Etwas Sinnvolles fiel ihm nicht ein, und so verbummelte er den frühen Nachmittag, indem er mehrmals die Karolinenstraße und die Breite Gasse abschritt, sich diverse Schaufensterauslagen ansah und eine Weile im Grabbeltisch vor einem Buchladen wühlte. Zwischendurch gönnte er sich einen Milchkaffee im *Mohr*, einem der wenigen Kaffeehäuser, die noch immer so aussahen wie vor zwanzig Jahren, was Paul sehr zusagte.

Pünktlich auf die Minute traf er dann in seinem Stammlokal in der Irrerstraße ein. Alexander, wie stets von blendendem Aussehen und umgeben von etwas zu viel Wohlgeruch, wartete bereits auf ihn. Ebenso wie Jan-Patrick, der eine stolze Ansammlung von Bocksbeuteln für sie aufgereiht hatte.

»Was denn – sollen wir uns bei einer so wichtigen Festivität wie der Verlobung meiner Stieftochter etwa auf Frankenwein beschränken?«, fragte Paul ketzerisch. Denn er wusste ja genau, dass der Küchenmeister in erster Linie auf fränkische Produkte schwor. »Wenn schon nur Weißwein, wie wäre es mal mit Abwechslung? Ein Gewürztraminer aus dem Elsass, zum Beispiel.«

Eine steile Furche bildete sich auf Jan-Patricks Stirn, und er wollte gerade zu schimpfen beginnen, als Paul seinen provozierenden Auftritt als Scherz enttarnte und damit die knisternde Atmosphäre entlud: »Dein Volkacher Winzer ist und bleibt selbstverständlich ungeschlagen«, versicherte er.

Jan-Patrick verteilte kleine Degustationsgläser, wobei er sich selbst nicht ausnahm. Dann hielt er seinen Gästen die erste Flasche zur Ansicht hin: »Ein Weißer Burgunder, Jahrgang 2011«, sagte er salbungsvoll, zog mit hundertfach geübten Handgriffen den Korken ab und goss ein.

Paul nahm sein Glas, trank einen Schluck und sagte nur: »Hm, lecker.«

Jan-Patrick blickte ihn strafend an und wandte sich dann Alexander zu. Dieser hob ebenfalls sein Glas, doch nicht, um gleich davon zu kosten. Zunächst hielt er es gegen das Licht, brachte den Wein mit sanftem Schwingen in Bewegung und beobachtete den Film, der sich am Glas bildete. Im Anschluss führte er die Probe zur Nase und ließ sich Zeit, ausgiebig daran zu schnuppern. Erst danach nahm er einen kleinen Schluck und spülte damit Zunge und Gaumen.

»Genau so geht's. Der Herr Doktor kennt sich aus«, lobte ihn Jan-Patrick und erklärte Paul, als habe er es mit einem blutigen Anfänger zu tun: »Die verschiedenen Nuancen nehmen wir auf sehr vielfältige Weise wahr. Die Struktur des Weins, seine goldene Farbe, können wir sehen. Nach kurzem Schwenk entströmen die Aromen, und wir riechen seine Düfte.«

»Bei diesem Kandidaten fällt mir ›frische Frucht‹ ein«, sagte Alexander.

»Ganz meine Meinung«, pflichtete der Küchenchef ihm bei. »Früchte, aber auch Blumen liegen in seinem Bukett.«

»Dazu passt die feine Säure im Geschmack«, plauderte Alexander weiter wie ein Streber, der sich beim Lehrer einschmeicheln will. Paul zog ihm dafür Punkte in seiner persönlichen Beliebtheitsskala ab.

»Gleichzeitig bleibt er angenehm weich«, ergänzte der Wirt.

»Okay«, kürzte Paul, der passionierte Biertrinker, den Verkostungsprozess ab. »Der ist gut. Den nehmen wir.«

Jan-Patrick jedoch winkte ab. »Eine solche Entscheidung trifft man nicht überhastet. Ich bestehe darauf, dass ihr wenigstens noch den 2012er Riesling und den Churfranken Spätburgunder von 2011 testet.«

Bei diesen beiden Tropfen blieb es nicht, denn Jan-Patrick zauberte immer mehr Schätze aus seinem Kabinett. Nach etwa einer Stunde waren sie trotz der kleinen Gläser mehr als nur beschwipst, woraufhin Paul um etwas zu essen bat: »Wir brauchen eine Grundlage, wenn wir gleich auch noch die Aperitifs und den Cognac probieren sollen.«

Jan-Patrick zog sich mit dem Versprechen in seine Küche zurück, eine deftige Kleinigkeit zusammenzustellen.

Allein mit Alexander, kam Paul vom Thema Verlobung schnell auf die andere Angelegenheit zu sprechen, die ihn derzeit vor allem beschäftigte. Er berichtete Alexander von Walter Helmbrechts Infarkttod und wollte gerade wieder mit seinen Spekulationen anfangen, als Alex ihn unterbrach:

»Mir ist inzwischen eine ganz andere Idee gekommen«, sagte er und senkte den Ton, als er fortfuhr: »Wenn ich es richtig sehe, stellt der Mangel an Motiven das größte Hindernis dar, um eine Mordreihe nachweisen zu können. Richtig?«

»Aber nein, wir haben ein starkes Motiv: Rache für die Ungerechtigkeit, die vielen Demoteilnehmern widerfuhr.«

»Das ist aber leider ein Motiv, an das keiner außer dir glauben mag.« Alexander neigte den Kopf. »Ich wüsste ein besseres.«

»Lass hören!«, sagte Paul, überrascht darüber, dass Alex ihn wirklich ernst nahm und sich in die Sache richtig hineingekniet zu haben schien.

»Ich habe mich ein wenig im ehemaligen Kollegenkreis der Sechs-auf-Kraut-Runde umgehört. Nicht sonderlich ergiebig, denn den meisten sind die kaum in Erinnerung geblieben. Immerhin wurde eines deutlich: Sonderlich beliebt waren diese Herren der alten Schule nicht. Denn erzkonservativ, wie sie waren, haben sie Andersdenkenden offenbar häufig das Leben schwer gemacht. Bei der *KOMM*-Aktion haben sie sich wohl allesamt nicht mit Ruhm bekleckert, aber einer von ihnen galt als besonderer Hardliner. Er war gefürchtet wegen seiner Gnadenlosigkeit, und man sagte ihm nach, dass er wie kein anderer Druck aufbauen konnte.«

»Soll heißen?«

»In seiner Funktion als Stadtrat galt er als Strippenzieher und Weichensteller. Er gab den Ton an in seiner Partei und machte ordentlich Stimmung gegen jeden, der links der Mitte stand.«

»Du sprichst von Otto Hagenau«, folgerte Paul.

»Richtig«, sagte Alex und sah ihn mit Verschwörermiene an. »Seine goldenen Zeiten, wenn man das so nennen kann, waren die Siebziger- und frühen Achtzigerjahre. Da hatte er einige kleine Erfolge in der Kommunalpolitik zu verbuchen. Bei der Aufarbeitung der *KOMM*-Affäre ist er allerdings heftig in die Kritik geraten. Er sollte sogar wegen Anstiftung zur Rechtsbeugung drangekriegt werden. Doch seine Freunde sprangen für ihn in die Bresche: Männer vom Schlage Helmbrechts, Kraus' und Polsters sagten in einem Untersuchungsausschuss zu seinen Gunsten aus. Bei der juristischen Bewertung der Massenverhaftung kam er daher mit einem blauen Auge davon und konnte seine politische Arbeit fortsetzen.«

»Schön und gut«, meinte Paul. »Aber wo ist das Mordmotiv, von dem du gesprochen hast? Ich kann keines erkennen.«

»Was, wenn Hagenaus Stammtischfreunde damals für ihn gelogen haben? Wenn sie Verfehlungen gedeckt und durch Falschaussagen Hagenaus politisches Weiterkommen abgesichert haben? Vielleicht in der Hoffnung, bei anderer Gelegenheit selbst davon zu profitieren, unter dem Motto: Eine Hand wäscht die andere. Und was, wenn sie ihre gemeinschaftliche Lüge von einst jetzt aufdecken wollten?«

»Warum sollten sie das tun?«

»Vielleicht gab es Zoff unter den alten Männern«, spekulierte Alexander. »Möglicherweise hat Hagenau ihnen beim Schafkopf zu viel abgeknöpft. Und nun wollten sie es ihm heimzahlen, indem sie ihn anschwärzten.«

Paul schüttelte den Kopf. »Das ist alles, aber bestimmt kein Mordmotiv. Hagenau kann seine berufliche Vergangenheit inzwischen völlig egal sein, er ist doch längst in Rente und hat nichts mehr zu befürchten. Außer vielleicht, dass an seinem Denkmal gekratzt werden könnte.«

»Da hast du recht. Ihm selbst könnte eine solche Enthüllung wohl egal sein. Aber wie sieht es mit seinem Sohn aus? Der steht in den Startlöchern für eine steile Karriere in der Politik und will in den Landtag. Stürzt sein Vater, könnte auch er fallen.«

Alexanders detektivischer Eifer in Ehren, aber Paul hielt nicht viel von dieser reinen Geistesgeburt: »Hagenaus Sohn soll also unser Mörder sein?«

»Nein, nein«, verbesserte ihn Alexander. »Es ist natürlich Otto Hagenau selbst, der Schaden von seinem Kind fernhalten will.«

»Lächerlich.« Paul konnte nicht anders, als dies so offen auszusprechen.

Alexanders Sanftmut wandelte sich – unterstützt von der Wirkung des Alkohols – in Trotz: »Ich bin überzeugt davon, dass ich richtigliege!«

»Vergiss es, Alex. Das ist reine Spekulation.«

»Wenn du mir nicht glaubst, lass uns hingehen und es überprüfen«, forderte Alexander ihn auf.

»Zu Hagenau?«

»Ja!«, beharrte Alexander, stand auf und blieb schwankend vor ihm stehen. »Wir konfrontieren ihn mit unserem Verdacht, dass er es war. Mal sehen, wie er reagiert.«

»Das ist völlig verrückt«, befand Paul. »Setz dich wieder hin.«

Doch der Schwiegersohn in spe blieb stehen. Offensichtlich war er nicht von seinem Vorhaben abzubringen. Als Jan-Patrick auftauchte und ihnen zwei tiefe Teller deftigen Bratwurstsalat, hübsch garniert mit Radieschen und Zwiebeln, kredenzen wollte, lehnte Alexander brüsk ab:

»Paul und ich haben zu tun! Wir müssen die Degustation ein andermal fortsetzen.«

20

Keiner von ihnen beiden hätte sich hinter das Steuer eines Autos setzen dürfen – nicht in ihrem Zustand! Paul war das bewusst, doch Alexander wollte ihm wohl beweisen, was für ein toller Hecht er war, und schmiss seinen Scirocco an.

»Bist du dabei?«, fragte Alex überschwänglich.

Paul lehnte ab. »Ich nehme die Straßenbahn. Das Gleiche rate ich dir auch.«

»Mal sehen, wer eher da ist!« Alexander gab Gas.

Die Linie 5 brachte Paul zuverlässig und sicher nach Mögeldorf, wo die Adresse lag, die Jan-Patrick nach einigem Zaudern herausgerückt hatte. Hier, in einer ruhigen Wohngegend in Tiergartennähe, sollte der ehemalige Stadtrat seinen Lebensabend genießen. Von der Haltestelle aus brauchte Paul noch einmal zehn Minuten, bis er die richtige Straße und das Haus fand: eine kleine Villa im Stil der Zwanzigerjahre.

Bevor er den weitläufigen Vorgarten voller Rosenstöcke betrat, schaute er sich auf der Straße um. Hier parkten, halb auf dem Gehweg stehend, etliche Autos. Alexanders VW konnte er aber nirgends sehen. Dabei hätte er längst hier sein müssen. Hoffentlich war ihm nichts passiert, dachte Paul. Auch eine Polizeistreife, wie sie Jasmin für Hagenaus Schutz angekündigt hatte, war weit und breit nicht auszumachen. Wahrscheinlich war Jasmin noch nicht dazu gekommen, sich darum zu kümmern, nahm er an.

Paul öffnete das Gartentor, dessen weiß gestrichene Zaunlatten mal wieder frische Farbe vertragen konnten, und ging über einen leicht geschwungenen Weg auf das Haus zu, das mondän, zugleich jedoch sichtlich in die Jahre gekommen wirkte.

Auf halber Strecke zwischen Gartentor und Haustür blieb Paul abrupt stehen und zuckte zusammen. Ein scharfer Knall! Wie ein Pistolenschuss! Paul, dem der Schreck in die Glieder fuhr, wagte nicht, weiterzugehen. Gebannt lauschte er. Hatte er sich getäuscht, oder legte da etwa wirklich jemand auf ihn an?

Kurz darauf zerriss ein weiterer Knall die Stille. Im selben Augenblick stob unmittelbar neben Pauls Fuß Blumenerde aus einem der Rosenbeete auf. Diesmal war es ein Schuss! Jeder Zweifel ausgeschlossen! Er musste vom Gebäude aus abgegeben worden sein. Instinktiv verschränkte Paul die Arme über dem Kopf und suchte hinter einem besonders üppigen Rosenstock Deckung. Von hier aus spähte er die Fenster des Dachgeschosses aus und entdeckte jemanden mit einem rohrähnlichen Gegenstand in den Händen. Beim näheren Hinsehen erkannte er darin ein Gewehr!

Erneut löste sich ein Schuss und verfehlte Paul nur knapp. Paul versuchte sich noch kleiner zu machen und war gleichzeitig darum bemüht, den Schützen zu identifizieren. Sein Herz raste wie wild, als er kurz seinen Kopf hob und den Mann am Fenster fixierte. Er sah sein schlohweißes Haar und einen aus der Mode gekommenen Pullunder mit Rautenmuster. War das etwa Otto Hagenau selbst?

Der Schütze lud nach, um sein Gewehr gleich darauf wieder im Anschlag zu halten und erneut zu feuern. Diesmal köpfte das Geschoss eine Rose, keine zehn Zentimeter von Paul entfernt. Es war an der Zeit, zu handeln!

Paul formte mit seinen Händen einen Trichter und brüllte: »Hören Sie sofort auf damit, auf mich zu schießen, Herr Hagenau!«

»Ich werde das Feuer nicht eher einstellen, bis ich Sie erwischt habe!«, schrie der Mann am Dachfenster.

Wahnsinn, dachte Paul. Hagenau musste durchgedreht sein!

»Stoppen Sie das! Sofort!«, rief er aus Leibeskräften. »Sie schießen auf einen Unschuldigen.«

»Ich schieße auf einen Eindringling!«, lautete die Antwort, die von einer weiteren Kugel begleitet wurde. »Sie haben es auf mich abgesehen, ja? Wollten mich überfallen! Aber an mir beißen Sie sich die Zähne aus!«

Ein fürchterliches Missverständnis, dachte Paul. In seinem Kummer über den Verlust seiner Weggefährten musste der alte Mann völlig durcheinander sein. Er fühlte sich bedroht – und das ausgerechnet von Paul.

»Sie machen einen großen Fehler! Ich bin doch kein Einbrecher!«, appellierte Paul an Hagenau. »Mein Name ist Flemming. Ich war ein Bekannter von Bernhard Polster.«

»Egal, wie Sie sich nennen! Ich weiß, dass Sie nichts Gutes im Schilde führen!«

Wieder pflügte eine Kugel durch das Beet. Es war nur eine Frage der Zeit, bis Hagenau ihn erwischte, denn an Munition und Entschlossenheit mangelte es ihm offensichtlich nicht.

»Legen Sie das Gewehr beiseite und lassen Sie uns in Ruhe über alles reden«, schlug Paul mit zitternder Stimme vor.

»Nie im Leben! Ich tappe nicht in Ihre Falle!«

Paul war ziemlich verzweifelt, zumal auch kein Nachbar oder Passant auftauchte, der ihm hätte beispringen können. Doch dann hörte er zu seiner Erleichterung ein schnell näher kommendes Martinshorn, gleich darauf ein weiteres.

»Hören Sie auf, Hagenau! Die Polizei ist gleich da!«, rief Paul.

»Umso besser! Dann kann ich Sie denen auf dem Silbertablett servieren. Auf frischer Tat ertappt«, blieb der Schießwütige bei seiner Sicht der Dinge. Noch einmal feuerte er drauflos und legte seine Waffe erst nieder, als ein Polizeiwagen und gleich darauf ein Rettungssanitäter vorm Gartenzaun hielten. Zwei Polizisten sprangen heraus und stürmten an Paul vorbei zur Haustür. Diese wurde kurz darauf von Hagenau geöffnet.

»Nehmen Sie ihn fest«, wies er die beiden Beamten in strengem Ton an. »Verhaften Sie den Mann wegen Hausfriedensbruchs.«

Wie sich herausstellte, hatte Alexander die ganze Szene beobachtet und die Polizei verständigt. Statt Paul Handschellen anzulegen, hatten die beiden überfordert wirkenden Polizisten den vor Wut schäumenden Otto Hagenau mit aufs Revier genommen. Dass der rasende Rentner ihnen mit seinem Waffenschein vor den Nasen herumwedelte, half ihm dabei ebenso wenig wie sein Status als ehemaliges Mitglied des Stadtrats und seine langjährige Freundschaft mit Franz Josef Strauß, die er unablässig betonte.

Nun, am fortgeschrittenen Abend, saßen Paul und Alexander wieder abgekämpft im *Goldenen Ritter*. Nicht, um die Weinprobe fortzusetzen, sondern um sich den Magen vollzuschlagen. Denn mittlerweile hatten beide einen Bärenhunger.

Jan-Patrick versuchte es abermals mit einem Bratwurstgericht, diesmal mit dem Klassiker: sechs Nürnberger Rostbratwürstchen mit Sauerkraut. Dazu reichte er wahlweise Senf und Kren.

Auf Pauls leicht enttäuschten Blick hin sagte er süffisant: »Für meine Stammgäste nur das Beste. Schließlich ließen sich selbst Johann Wolfgang von Goethe und Jean Paul Nürnberger Würste nach Weimar beziehungsweise Bayreuth liefern, fertig gebraten und eingelegt in Schmalz. Was der Dichterfürst schätzte, wirst du doch nicht etwa verschmähen?«

»Normalerweise nicht«, sagte Paul. »Aber angesichts der vielen Toten aus der Sechs-auf-Kraut-Runde kann einem der Appetit auf die Rostbratwurst vergehen.«

Trotzdem langte er herzhaft zu, als die köstlich duftenden Nürnberger aufgetragen wurden, ebenso Alexander, der seinen Weinrausch mittlerweile ausgestanden hatte.

»Wirst du Hagenau anzeigen?«, fragte er viel kleinlauter als vorhin.

»Wegen der Schüsse?« Paul wiegte den Kopf. »Ich weiß es noch nicht. Denn wenn er wie ich daran glaubt, dass seine Freunde einem heimtückischen Mörder zum Opfer gefallen sind, kann ich seine Angst nachvollziehen und begreife, weshalb er blindwütig um sich schoss. Das war purer Selbsterhaltungstrieb.«

»Mir wird der Fall jedenfalls zu heiß. Versteh mich bitte nicht falsch: Diese ganze Geschichte ist mir ein persönliches Anliegen und interessiert mich wirklich sehr. Aber ich will nicht Kopf und Kragen dafür riskieren. Ich hoffe, es ist keine allzu große Enttäuschung für dich, wenn ich einen Rückzieher mache und dich allein weiterermitteln lasse.«

Paul klopfte ihm auf die Schulter und meinte: »Du brauchst mir nichts zu beweisen, Alex. Ich nehme es dir bestimmt nicht übel, wenn du nicht mehr mitmachst.«

Alexander schaute erleichtert auf. »Danke, ich ... äh, ich habe mich mit meiner Detektivspielerei wohl ziemlich lächerlich gemacht.«

»Keineswegs! Ich will nicht sagen, dass du ein Naturtalent bist, aber die Grundlagen sind vorhanden. Trotzdem rate ich dir, bei der Medizin zu bleiben. Damit verdienst du auf Dauer sicher auch mehr Geld.«

»Ja, da hast du wohl recht. Nach der Verlobungsfeier geht es wieder voll los mit dem Job. Dann bin ich im Krankenhausbetrieb eingebunden und komme auf keine dummen Gedanken.«

»Ich weiß es zu schätzen, dass du mir helfen wolltest. Und es war ja nicht umsonst, denn durch den Besuch bei Hagenau weiß ich endlich, dass ich nicht allein mit meiner Theorie dastehe. Auch Hagenau glaubt nicht daran, dass seine Freunde durch Unfälle oder Infarkte umgekommen sind. Nur so sind die Schüsse zu erklären.«

Kaum hatte Alexander den letzten Bissen verzehrt, sah er auf seine Armbanduhr: »Ich muss dann mal. Hannah wartet sicher schon.«

»Was habt ihr heute noch Schönes vor?«

»Hannah will in die Disco. Ich weiß noch nicht, ob in Nürnberg oder ob wir nach Erlangen fahren.«

»Jetzt noch?«

»Die Frage muss korrekt lauten: Jetzt schon? In der Disco braucht man nicht vor elf aufzuschlagen – schon vergessen?«

»Viel Spaß euch beiden!«, wünschte Paul und fragte sich, ob nicht auch er längst erwartet wurde. Er griff zum

Handy. Katinka hatte nicht angerufen. Dafür aber hatte Jasmin zweimal versucht, ihn zu erreichen. Paul rief sie zurück.

»Na endlich!«, meldete sie sich mit großer Ungeduld in der Stimme. »Hast du dein Handy mal wieder auf lautlos gestellt oder warum nimmst du nicht ab?«

»Was ist denn los?«

»Ich dachte, es würde dich interessieren, wie es Otto Hagenau ergangen ist.«

»Ja«, sagte Paul. »Habt ihr ihn noch bei euch im Präsidium?«

»Nein. Sein Anwalt war sofort zur Stelle, kaum dass er bei uns ankam. Hagenau muss ihn noch von daheim aus angerufen haben. Der Anwalt hatte ihn in null Komma nichts wieder draußen.«

»Wie das?«

»Erstens darf Hagenau ein Gewehr führen. Er hat es legal erworben, und sein Waffenschein ist gültig. Zweitens befand er sich in einer Notwehrsituation.«

»Notwehr? Ich war unbewaffnet und habe nichts getan, wogegen man sich wehren müsste.«

»Hagenau hat glaubhaft versichert, dass sich schon vorher jemand auf seinem Grundstück herumgetrieben hatte. Dieser Jemand versuchte laut Hagenau, in das Haus einzudringen. Er probierte es an der Terrassentür und bei einem gekippten Fenster im Schlafzimmer. Hagenau ist sich sicher, dass er den Einbrecher nur durch den Einsatz seiner Waffe vertrieben hat.«

»Ich habe weder an Türen noch an Fenstern gerüttelt«, beteuerte Paul.

»Wie dem auch sei: Hagenaus Anwalt ist ein alter Fuchs und mit allen Wassern gewaschen. Solltest du

Anzeige erstatten wollen, wird er dich mit Gegenklagen überziehen.«

»Schon gut. Ich habe gar nicht vor, etwas gegen Hagenau zu unternehmen.«

»Kluge Entscheidung«, meinte Jasmin. »Aber da ist noch etwas anderes, worüber wir sprechen müssen.«

»Schieß los.«

»Nein. Nicht am Telefon. Wir müssen uns sehen, damit ich es dir in Ruhe erklären kann.«

»Okay. Wann und wo?«

»Sagen wir, gleich morgen früh«, schlug Jasmin vor. »Treffen wir uns wieder beim Bäcker am Präsidium? Du darfst mich zum Frühstück einladen.«

Kaum hatte Paul aufgelegt, räumte Jan-Patrick das Geschirr ab und erkundigte sich, ob es geschmeckt hätte.

»Ja«, sagte Paul. »Die beste Bratwurst gibt es bei dir und im *Bratwursthäusle*.«

»Deswegen hat sich die Stammtischrunde, die dich so sehr beschäftigt, ja auch jahrzehntelang im *Goldenen Ritter* getroffen«, sagte Jan-Patrick nicht ohne Stolz. »Qualität spricht sich eben herum.«

Paul sah in die verwaiste Ecke hinüber, in der die Altherrenrunde ihre Treffen abgehalten hatte. »Ein anderer Grund mag gewesen sein, dass sie in der Abgeschiedenheit ihres Stammtisches in aller Ruhe zocken konnten. Da bekam es kaum einer mit, wenn sie um Geld spielten«, mutmaßte er.

Der Wirt winkte ab. »Das ging doch immer nur um ein paar Euro, die da über den Tisch geschoben wurden. Für höhere Summen waren die werten Herren viel zu geizig. Einzig beim Lotto haben sie regelmäßig in den Topf ihrer Spielergemeinschaft eingezahlt, was mich ziemlich gewundert hat. Denn Menschen wie sie, die mit beiden Beinen fest auf dem Boden standen, mussten doch wissen, wie gering die Gewinnchancen sind. Mit dem Geld, das sie über all die Jahre in Lose investiert haben, hätten sie was Sinnvolleres anstellen können. Ein gemeinsamer Urlaub zum Beispiel oder ...«

»Entschuldige«, schnitt Paul ihm das Wort ab, denn es wurde höchste Zeit, nach Hause zu gehen. »Lass uns ein anderes Mal weiterplaudern. Vielen Dank für Speis und Trank«, sagte er schon halb im Gehen.

21

Katinka hatte es sich gemütlich gemacht. Paul fand sie ausgestreckt auf dem Sofa vor, ihre Lieblingswolldecke über den Beinen, neben sich auf dem Couchtisch ein Glas Rotwein und eine halbe Tafel Schokolade. Im Fernsehen lief irgendeine Ärzteserie.

»Kommst du auch schon?«, fragte sie mit leichtem Vorwurf. »Manchmal gewinne ich den Eindruck, wir leben aneinander vorbei.«

Paul gesellte sich zu ihr, drückte ihr einen Kuss auf die Wange und legte den Arm um sie. »Wir haben die Verlobung vorbereitet. Ganz wie du es wolltest. Du weißt ja: Übermorgen ist es so weit.«

»Man riecht's an deiner Fahne«, sagte Katinka. Dann entfuhr ihr ein leiser Seufzer. »Oje, bis eben hatte ich erfolgreich verdrängt, dass dieser Tag schon so nahe ist.« Es folgte ein weiteres Seufzen, tief von Herzen kommend. »Kinder werden so schnell älter. Mir ist, als hätte ich Hannah gerade noch zum Kindergarten gebracht.«

»Da war sie sicher auch schon rotzfrech.«

»Klar, aber so süüüüß!«

»Höre ich da so etwas wie Sentimentalität aus deiner Stimme?«, fragte Paul. »Ich dachte, du bist hellauf begeistert darüber, dein Töchterchen endlich in festen Händen zu wissen. Noch dazu in denen eines aufstrebenden Doktors.«

»Bin ich, und ich freue mich über Hannahs Glück. Trotzdem schmerzt es, loszulassen, zumal es ja mein einziges Kind ist, das ich nun hergeben muss.«

»Was heißt ›hergeben‹? Sie geht dir durch die Verlobung ja nicht verloren. Hannah war zuvor schon eine ungemein selbstständige junge Dame mit einem ganz eigenen Kopf.«

Katinka kuschelte sich ganz eng an Paul. »Meinst du, Alexander ist der Richtige für sie?«, fragte sie bang.

Darauf hätte ihr Paul eine dezidierte und abwägende Antwort geben können. Denn er kannte Hannahs Freund mittlerweile immerhin so gut, dass er sich eine Einschätzung seines Charakters zutraute. Sein Gesamtbild von Alexander blieb zwiespältig, vor allem hielt er ihn trotz seiner über dreißig Jahre für unreif, vorschnell und auch etwas wankelmütig – seinem Wunschkandidaten für den Mann an Hannahs Seite entsprach Alex trotz mancher Vorzüge leider nicht.

All dies behielt Paul für sich, denn Hannah war nicht seine Tochter, und er konnte Katinka keine Vorhaltungen machen. Daher sagte er bloß: »Sie wird wissen, was sie tut. Und wenn er doch nicht der Richtige sein sollte, wird sie es rechtzeitig bemerken und ihre Konsequenzen ziehen. Hannah ist stark und gefestigt genug, um das allein hinzukriegen.«

»Meinst du?« Katinka suchte die Bestätigung in Pauls Augen.

»Ja«, sagte er bestimmt. »Alles, was wir beide tun können, ist, ein harmonisches Verlobungsfest auszurichten. Sie soll einen schönen Tag haben, den sie nicht vergessen wird.«

»So soll es sein«, raunte Katinka ihm zu und klang zufrieden. Doch dann – Paul gewann bereits den Eindruck, dass sie jeden Moment einschlafen würde – versteifte sich ihr Körper. »Fast hätte ich versäumt, es dir zu sagen: Die Sache, mit der du dich beschäftigst ... Es ist mir nicht entgangen, dass du in der Vergangenheit dieses verstorbenen Justizvollzugsbeamten Polster und auch in der von Welker, dem Gerichtsdiener, wühlst. Ich muss zugeben, dass auch ich angefangen habe, mich für die damaligen Abläufe zu interessieren.«

»Und?«, fragte Paul und sah seine Frau mit großen Augen an. »Bist du auf etwas Verwertbares gestoßen?«

»Viel ist es nicht, denn ich hatte ja kaum Zeit, mich damit zu befassen. Aber es gibt da eine Formalie, über die ich gestolpert bin. Wie du vielleicht schon weißt, waren damals fünf Richter nötig, um innerhalb kurzer Zeit all die Haftbefehle wegen Landfriedensbruchs auszustellen. Doch einer der Ermittlungsrichter, der laut gesetzlich verbindlichem Dienstplan vorgesehen war, wurde anscheinend übergangen – und an seiner Stelle wurde ein anderer eingesetzt.«

»Weshalb?«

»Das habe ich mich auch gefragt und mich im Haus umgehört – natürlich inoffiziell bei einigen älteren Anwälten. Da erfuhr ich, dass der übergangene Richter als liberal gegolten hatte, sein Ersatzmann dagegen als besonders streng, und fast die Hälfte der Haftbefehle trug die Unterschrift dieses Ersatzmannes.« Sie sah Paul forschend an. »Du kannst dir denken, worauf ich hinauswill?«

»Ehrlich gesagt nicht.«

»Aber gleich: Ich habe außerdem gehört, dass das Aussieben bei der Richterauswahl auf Druck aus der Politik veranlasst worden sein soll. In diesem Zusammenhang tauchte der Name Otto Hagenau auf.« Sie ließ ihre Worte wirken, bevor sie fortfuhr: »Darin liegt durchaus eine Brisanz, denn nach dem Gesetz ist es ausgeschlossen, die zuständigen Richter erst nach einer Straftat quasi passend zur Person des Beschuldigten auszuwählen. In meinen Augen ist das mehr als bloß ein Formfehler.«

Paul stieß einen leisen Pfiff aus. »Die Sache bekommt allmählich Hand und Fuß. Wird es jetzt nicht auch für dich Zeit, zu handeln und Ermittlungen loszutreten?«

»Weshalb und gegen wen?«, fragte Katinka verhalten. »Nach offizieller Lesart haben wir es nach wie vor mit Unfällen und einem natürlichen Tod zu tun. Von einem Mörder keine Spur. Es gibt nur eine Möglichkeit, die uns den notwendigen Anlass verschaffen würde.«

Paul konnte es sich denken: »Wenn Otto Hagenau als Letzter in der Runde reinen Tisch macht und verrät, wer ihm nach dem Leben trachtet.«

22

Das frühe Aufstehen fiel ihm schwer, schließlich war es Paul als freischaffender Künstler nicht gewohnt, seinen Wecker auf sieben Uhr zu stellen. Doch um Jasmin wie verabredet zum Frühstück treffen zu können, musste er in den sauren Apfel beißen und sich zu einer Uhrzeit aus den Federn schwingen, zu der sonst nur Schüler, Arbeiter und brave Angestellte aufstanden.

Im Gegensatz zu ihm sah Jasmin Stahl frisch und ausgeruht aus, als er sie beim Bäcker am Jakobsplatz begrüßte.

»Na, ausgeschlafen?«, fragte sie mit Blick auf seine Augenringe. »Ich glaub, du brauchst erst einmal einen Koffeinschub.«

Paul bestellte einen großen Milchkaffee und ließ sich ein amerikanisches Frühstück mit Rührei und Speck zubereiten. Nicht gut für den Cholesterinspiegel, dafür aber für sein Wohlbefinden. Jasmin orderte ein Fitnessfrühstück mit Joghurt und Orangensaft.

Sie wählten einen Platz an der Fensterfront, wo ihnen die Morgensonne ins Gesicht schien. Der Herbst zeigte sich von seiner freundlichen Seite.

»Also, was hast du für mich?«, fragte Paul, kaum dass sie saßen.

Jasmin öffnete ein Honigpäckchen und ließ einige Tropfen auf die Fruchtstücke fließen, die auf ihrem Joghurt verteilt waren. Sie nahm sich viel Zeit dafür, sodass Paul annahm, sie hätte seine Frage nicht verstanden. Doch dann sagte sie: »Es wird dir nicht gefallen, was ich herausgefunden habe.«

Paul stutzte. Womit würde Jasmin gleich herausrücken? Etwa mit einem Durchbruch im Rentnermordfall? Doch weshalb sollte Paul etwas dagegen haben?

»Nachdem du so hartnäckig gedrängt hast – und auch angespornt durch die Schüsse in Hagenaus Garten –, habe ich mich in die Sache reingehängt«, sagte Jasmin, stocherte mit dem Löffel in ihrem Becher herum, machte aber keine Anstalten, mit dem Essen anzufangen.

»Was hast du herausgefunden?«, fragte Paul. »Sag es mir, bitte. Egal, ob mir die Wahrheit schmeckt oder nicht.«

Jasmin legte den Löffel beiseite und sah Paul eindringlich an. »Ich habe mir die Akten von damals vorgenommen. Ich muss zugeben, dass sie es in sich haben.«

Paul dachte natürlich sofort an den gestrigen Abend und an Katinkas Bericht über den ausgetauschten Richter. »Du meinst, es ist tatsächlich nicht alles sauber gelaufen?«

»Das will ich mir nicht anmaßen, zu beurteilen. Außerdem bin ich mit Leib und Seele Polizistin und lasse nichts auf meinen Berufsstand kommen ...«

»Ja, ja, das hast du in den letzten Tagen oft genug betont. Lass mal gut sein und pack endlich aus. Ich werde dich nicht bei deinen Kollegen verpetzen.«

Jasmin holte tief Luft. »Die Faktenlage ist nicht ohne: Unter den Festgenommenen befanden sich einundzwanzig Jugendliche, der Rest waren Erwachsene, sprich: Jungs und Mädels um die zwanzig. Wie es aussieht, waren etliche der Inhaftierten nicht direkt an der Demo beteiligt gewesen, denn im *KOMM* lief an dem Abend nicht nur der Film, der den spontanen Aufstand auslöste. Es herrschte ganz normaler Betrieb: Die Teestube war gut besucht, im Vorraum probte eine Musikgruppe. Im Keller lief gerade ein Schreinerkurs, und in der Spielothek standen einige Leute am Billardtisch. Auch in der Kneipe war einiges los. Was ich damit sagen will: Nachdem das *KOMM* abgeriegelt worden war, konnte niemand mehr mit Gewissheit normale Besucher von Demonstrationsteilnehmern unterscheiden. Zwangsläufig gerieten dadurch wohl auch Unschuldige in Bedrängnis.«

»So wie ich es inzwischen sehe, waren selbst die meisten Demonstranten unschuldig im Sinne von nicht gewalttätig. Es hätte vollauf gereicht, die zwei oder drei Steinewerfer aus dem Verkehr zu ziehen, die aus der Reihe getanzt waren.«

»So wurde das von den verantwortlichen Stellen aber nicht beurteilt. Außerdem ist es in einer Situation wie dieser nahezu unmöglich, Täter von Nichttätern zu unterscheiden«, sagte Jasmin. »In diesem Sinne hat es seinerzeit übrigens auch der Generalstaatsanwalt in einer Pressekonferenz erklärt. Die Staatsgewalt hatte deshalb so konsequent agiert, da unsere Rechtsordnung ansonsten mit Faustrecht und Terror auf der Straße bedroht gewesen wäre.«

»Hast du mich deshalb hierherbestellt? Um mir noch einmal auf die Nase zu binden, dass die Polizei saubere Arbeit geleistet hat?«, fragte Paul mit aufkeimender Enttäuschung.

»Nein, Paul, ich bin noch nicht fertig.« Jasmin schob ihr Frühstück beiseite. »Es gibt da etwas, das auch ich einfach nicht tolerieren kann.« Mit gequältem Gesicht zog sie ein gefaltetes Papier aus ihren Jeans und legte es auf den Tisch: die Kopie eines handgeschriebenen Briefs.

»Von wem kommt der?«, fragte Paul.

»Es ist ein Schreiben einer Inhaftierten, es war ganz weit hinten in einer der Akten abgelegt. Als hätte es dort jemand verstecken wollen.« Jasmin sah Paul sehr ernst an. »Auszüge aus einem Tagebuch – liest sich wie ein Abschiedsbrief. Man fand ihn neben der Leiche der Verfasserin. Sie hatte Suizid begangen.«

Paul nahm das Papier. »Von dieser traurigen Geschichte habe ich schon gehört«, sagte er matt. »Hannes Fink erzählte mir neulich davon. Sie hinterließ ein kleines Kind, richtig?«

Jasmin bestätigte das und bat Paul, den Brief zu lesen. Er überflog die ersten Zeilen und blieb bald an erschreckenden Schilderungen hängen:

»Ich sollte einen Fragebogen ausfüllen, aber ich hatte ja keinen Anwalt, daher lehnte ich ab. Außerdem zitterten meine Hände so sehr, dass ich den Stift ohnehin nicht hätte halten können. Das war wohl ein Fehler, denn sie sagten, ich sei selbst schuld, wenn sie mich nicht gehen ließen.

Danach kam das, was sie eine ›erkennungsdienstliche Behandlung‹ nennen. Fotos vom Gesicht, von vorn und von der Seite. Dann Abdrücke von den Fingern. Sie maßen meine Größe, ich musste mich auf die Waage stellen. Alles, was ich in der Tasche hatte, nahmen sie mir ab. Auch den Schnuller vom Kleinen. Ich habe ihn denen gezeigt und gesagt: Den braucht er, sonst kann er nicht schlafen. Aber das hat keinen interessiert, denn schon haben sie sich die Nächste vorgenommen. Ich habe geheult wie ein Schlosshund.

Zu dritt steckten sie uns in eine winzige Zelle und ließen uns eine Ewigkeit warten. Die ganze Zeit war ich in Sorge um mein Kind. Mein Söhnchen ist doch noch so klein und braucht mich. Ich klopfte an die Zellentür, fragte, ob ich wenigstens mal telefonieren dürfte. Doch das ließen sie nicht zu. Ich war völlig fertig.

Erst am nächsten Tag wurde ich dem Richter vorgeführt. Man sollte denken: So ein Mann kennt seine Verantwortung und hat Verständnis. Aber ich kam kaum zu Wort, wurde abgefertigt wie vorm Schnellgericht. Davon, dass ich Mutter eines Neugeborenen bin, wollte er nichts hören …

Gleich danach ging's wieder in den Knast. Diesmal für länger, daran ließen die Wärter keinen Zweifel. Wir mussten uns ausziehen und auf Ungeziefer untersuchen lassen. Es war so entwürdigend.«

Paul unterbrach die Lektüre des erschütternden Berichts. »Kein Wunder, dass der Brief weit hinten in den Akten schlummerte. Er wirft kein gutes Licht auf Polizeiarbeit und Vollzug.«

Jasmin bat Paul, den langen Mittelteil zu überspringen und sich gleich dem Ende des Schreibens zu widmen, das sich mit der Zeit nach der Haft befasste. Paul wendete das Blatt und las weiter:

»Was ist nur geschehen mit mir? Was hat das Gefängnis aus mir gemacht? Ich habe das Gefühl, meinem eigenen Kind zur Fremden geworden zu sein. Es schläft nachts nicht mehr durch, wacht auf und weint. Doch wenn ich meinen Sohn hochnehme und trösten will, weint er umso heftiger. Als wenn er Angst hätte, ich ließe ihn fallen. Sein Vertrauen ist verloren.«

Wieder übersprang Paul einige Zeilen.

»Eine Polizeistreife fing mich ab. Personenkontrolle. Schon das dritte Mal in dieser Woche! Das übliche Spiel: Papiere

vorzeigen, Mantel öffnen, abtasten lassen. Ich habe das Gefühl, die Polizei ist seit meiner Entlassung aus dem Gefängnis immer in meiner Nähe. Wenn ich telefoniere, knackt es in der Leitung. Ich denke, dass ich abgehört werde.«

Ein weiterer Sprung, diesmal bis kurz vors Ende:

»Meine Nerven liegen blank. Überall sehe ich Verfolger und weiß nicht mehr, was wahr ist und was Einbildung. Will man mich gezielt in den Wahnsinn treiben? Als Mutter bin ich eine Versagerin. Ich komme nicht mehr klar mit meinem eigenen Fleisch und Blut. Er schreit so laut, dass die Nachbarn das Jugendamt einschalten wollen. Vielleicht ist es besser so. Besser, wenn andere für ihn sorgen. Ich kann es nicht mehr leisten. Mein Leben, so wie es einmal war, wird nicht wiederkommen. Ich gehe unter in der Verzweiflung.«

Paul legte das Papier auf den Tisch zurück und sah nachdenklich auf. »Schlimm, schlimm. Meinst du, man hat der armen Frau wirklich so übel mitgespielt?«

Jasmin antwortete nicht sofort, sondern schien zunächst abzuwägen. »Ihre Schilderungen der erkennungsdienstlichen Erfassung klingen ziemlich realistisch. Ich halte diese Passagen für authentisch, denn wenn es so viele Leute zu erfassen gibt, kann der Ton schon mal etwas ruppiger werden. Und dass der Aufenthalt im Knast keine Erholungskur ist, dürfte allgemein bekannt sein. Für ein zartes Gemüt, wie es die Verfasserin des Briefes offenkundig war, müssen die Wochen in Haft eine quälende Strapaze gewesen sein, zumal, wenn sie so lange von ihrem Sohn getrennt war. Aber alles, was danach kam – von der angeblichen Beschattung bis zum

Lauschangriff auf ihr Telefon –, hört sich ein wenig nach Verschwörungstheorie an.«

»Mag sein«, sagte Paul, ohne sich ein abschließendes Urteil über den tragischen Vorfall gebildet zu haben. »Diese bemitleidenswerte Frau hat ihre Notizen bloß mit ihrem Vornamen unterzeichnet: Isabell. Gibt es auch einen Nachnamen dazu?«

»Gut, dass du fragst«, sagte Jasmin. »Damit kommen wir nämlich auf den eigentlichen Grund zu sprechen, aus dem ich dich so dringend sehen wollte.«

Paul hob die rechte Braue, denn in Jasmins Stimme schwang etwas Unheilvolles mit: »Bitte keine bösen Überraschungen.«

»Leider doch, ich hatte dich ja gewarnt«, musste sie passen. »Ihr voller Name lautete Isabell Winterkorn. Und ihr Söhnchen hatte die alleinerziehende Mutter auf den Namen Alexander getauft.«

Paul spürte, wie ihm die Farbe aus den Wangen wich. Er hatte das Gefühl, als hätte ihm soeben jemand eine Faust in den Magen gerammt. Fragend sah er Jasmin an und hoffte inständig, sie würde ihren letzten Satz als schlechten Scherz enttarnen.

Doch diesen Gefallen tat sie ihm nicht, sondern sagte nur: »Natürlich ist das kein Beweis. Trotzdem konnte ich nicht anders, als die Personalie zu überprüfen.«

»Und?«, fragte Paul angespannt. »Ist er es tatsächlich?«

»So leid es mir für dich und vor allem für Hannah tut: ja«, antwortete Jasmin mit echtem Bedauern. »Bei deinem künftigen Schwiegersohn handelt es sich um den Sohn einer der Hauptleidtragenden des Nürnberger Kessels.«

23

Nachdem Paul Jasmin an der Hauptpforte des Präsidiums verabschiedet hatte, fuhren die Gedanken in seinem Kopf Achterbahn. Was hatte diese ungeheuerliche Enthüllung für eine Bedeutung? Wie sahen ihre Auswirkungen aus?

Wie paralysiert ging er durch die Stadt und versuchte sich einen Reim auf das eben Gehörte zu machen. Wenn Alexander der Sohn einer Frau war, die damals unmittelbar betroffen gewesen war – warum hatte er Paul davon nichts erzählt? Denn ganz im Gegenteil hatte Alexander stets den Eindruck erweckt, dass das Thema für ihn Neuland war und er so gut wie keine Kenntnisse darüber besaß. Hatte er Paul also bewusst hinters Licht geführt? Wenn ja: Was bezweckte er damit? Wollte er von seiner eigenen Person ablenken und verhindern, dass er bei Paul unter Verdacht geriet?

Er hätte allen Grund dazu gehabt, denn zweifelsfrei war Alexander durch die neuen Erkenntnisse mit einem Schlag zum Hauptverdächtigen aufgestiegen. Paul erkannte ein glasklares Motiv: Rache für den Tod der Mutter und die Kindheit als Waise. Paul wusste zwar weder, weshalb Alexander erst so viele Jahre danach aktiv wurde, noch wie er die Unfälle und den Herztod verursacht haben könnte, doch er konnte es sich ja zusammenreimen: Der späte Zeitpunkt ließ sich dadurch erklären, dass Alexander sich gründlich vorbereiten musste und seine Planungen viel Zeit und Aufwand beansprucht hatten. Vielleicht fühlte er sich in jüngeren Jahren auch noch nicht reif genug für seinen ausgeklügelten Rachefeldzug.

Die Antwort auf die zweite Frage, die nach dem Wie, lag auf der Hand: Als Arzt kannte sich Alex bestens mit der Anatomie des Menschen aus. Er wusste genau, wie er die vermeintlichen Unfälle und Schicksalsschläge arrangieren musste, um den Tod seiner Opfer herbeizuführen.

Aber da war noch ein weiterer Punkt, über den sich Paul zunächst nicht ganz im Klaren war: Wieso sollte Alexander einfache Beamte, wie es fast alle Stammtischfreunde nun mal gewesen waren, ermorden? Angenommen, die Altherrenriege setzte sich tatsächlich aus den Peinigern von einst zusammen, dann ginge alles auf. Der Polizist, der die junge Frau festnahm, der Gerichtsdiener, der sie schikanierte, der Gefängniswärter, der sie erniedrigte – sie alle lieferten starke Motive, es ihnen heimzuzahlen. Womöglich hatte Alexanders Mutter, die ihre Gedanken bekanntlich gern schriftlich festhielt, die Namen von Polster, Welker & Co in ihren Tagebüchern hinterlassen und ihrem Sohn damit den Weg gewiesen.

Ja, dachte Paul, das war es! Genauso musste es gewesen sein. Er hatte die Lösung gefunden.

Je länger er nachdachte, desto besser fügte sich alles zusammen. Jasmin dürfte mit ihren Rückschlüssen mittlerweile genauso weit sein, und es konnte nicht mehr lange dauern, bis sie ihren Chef informieren würde. Im nächsten Schritt würde man eine nachträgliche Autopsie der Leichen vornehmen sowie neben Welkers Wohnung endlich auch die anderen Tatorte den Forensikern überlassen und nach Spuren absuchen. Paul kamen die Zigarettenstummel in den Sinn, die er auf dem Boden des Abbruchhauses gesehen hatte. Neulich hatte er Alexander beim Rauchen erwischt – stammten die Stummel also von ihm? Wenn ihm eine Verbindung zu den Taten nachgewiesen werden könnte, wäre er fällig.

Paul war völlig erledigt, als er zu Hause ankam. Für ihn hatte sich dieser Fall, der mit der bröckelnden Fassade von Jan-Patricks Bauruine begonnen hatte, zu einem persönlichen Super-GAU entwickelt. Schon morgen sollte Hannahs Verlobung stattfinden und der bisher schönste Tag in ihrem Leben werden. Nun drohte ihr großer Traum zerstört zu werden. Denn Paul konnte nicht zulassen, dass Hannah sich mit einem potenziellen Mörder liierte.

Doch was konnte er dagegen tun? Alexander damit konfrontieren, dass er ihn für einen Killer hielt, und die Verlobung auf diese Weise platzen lassen? Das durfte er nicht, denn es war ja rein gar nichts bewiesen. Aber wie sah die Alternative aus? Etwa gute Miene zum bösen Spiel zu machen und die Feier wie geplant stattfinden zu lassen?

Das würde er nicht durchstehen.

Sobald Paul den ersten Schock überwunden hatte, raffte er sich wieder auf. Er stürzte zur Garderobe, durchwühlte eilig Jacken und Mäntel, fand ein Halstuch, das Alexander bei ihnen vergessen hatte und das er allein schon aufgrund des aufdringlichen Aftershaves zweifelsfrei ihm zuordnen konnte. Er hielt es mit spitzen Fingern und legte das Tuch in eine Plastiktüte. Dazu steckte er einen Bilderrahmen mit Kinderfotos der kleinen Hannah, den Alexander neulich in der Hand gehalten hatte. Die Haare und Hautschuppen auf dem Schal und die Fingerabdrücke auf dem Rahmen dürften als Proben ausreichen, befand Paul und machte sich noch einmal auf den Weg zum Präsidium. Jasmin könnte einen Vergleich mit den sichergestellten Spuren aus Herbert Welkers Wohnung anordnen und somit den Verdacht gegen Alexander erhärten.

Nachdem das erledigt und er zurück in Kleinweidenmühle war, wollte er Katinka Bescheid geben. Dafür ließ er sie sogar aus einer Sitzung holen.

»Ich hoffe, es ist wirklich dringend«, sagte sie scheltend, kaum dass er sie am Apparat hatte.

»Mehr als das!«, betonte Paul und klärte sie über die jüngste Entwicklung auf.

Auch Katinka brauchte eine Weile, um das Gehörte zu verkraften. Dann sagte sie mit gedämpfter Stimme: »Ich lasse hier alles stehen und liegen. Wir treffen uns zu Hause. In einer Viertelstunde.«

Sie wirkte kraftlos und ausgemergelt, als sie eintraf. Sie fiel Paul in die Arme, drückte ihn an sich. Kurz, aber fest. Als sie sich von ihm löste, standen Tränen in ihren Augen.

»Ich mache mir solche Sorgen um sie!« Katinka nahm das Telefon zur Hand.

»Was willst du tun? Sie anrufen?« Paul stellte sich eng neben sie.

Katinka antwortete nicht. Ihr zitternder Zeigefinger schwebte über dem Ziffernfeld. »Nein«, sagte sie dann und schüttelte heftig den Kopf. »Hannah würde uns kein Wort glauben.« Sie biss sich auf die Lippe. »Es muss einen anderen Weg geben.«

»Welchen?« Paul war mit seiner Weisheit am Ende.

Wieder antwortete seine Frau nicht, sondern ging mit dem Telefon ins Arbeitszimmer. Sie schloss die Tür hinter sich. Paul blieb zurück. Allein mit seinen quälenden Gedanken.

Katinka ließ Paul warten. Mehr als eine halbe Stunde lang. Doch er wollte sie nicht drängen. Aus Respekt vor ihren Gefühlen. Denn als Hannahs leibliche Mutter hatte sie das schwerere Los gezogen.

Endlich kehrte sie zurück, fiel erschlafft aufs Sofa und sah ihn ermattet an. »Ich habe mit einem alten Kollegen gesprochen, dem ich vertraue«, eröffnete sie ihm. »Er ist ein kühl kalkulierender Mann, der nicht so leicht aus der Ruhe zu bringen ist.« Das Reden fiel ihr merklich schwer. »Solange die Ermittlungsbehörde keine Beweise vorlegt, rät er, nichts zu unternehmen. Eine Kurzschlussreaktion würde alles nur noch schlimmer machen, sagt er.«

»Und was heißt das für uns?«

»Abwarten und Tee trinken«, antwortete Katinka desillusioniert.

24

Die ganze Nacht über taten sie kein Auge zu. Paul verzehrte sich ebenso vor Sorgen wie Katinka.

»Gibt es eine Handhabe gegen ihn?«, fragte er in die Stille ihres dunklen Schlafzimmers.

»Nach der momentanen Faktenlage? Kaum.«

Schweigen. Eine Minute, zwei Minuten.

»Ich kann mir nicht vorstellen, dass Alexander zu so etwas fähig wäre«, sagte Katinka, nachdem sie sich ruhelos auf dem Laken gewälzt hatte. »Er ist so ein sanftmütiger Mensch.«

Paul wusste, dass Katinka dies als Privatperson sagte und ihr abgeklärtes Denken als Oberstaatsanwältin ausblendete. »Er kann auch anders«, meinte Paul und dachte dabei an Alexanders trotzköpfige Autofahrt im alkoholisierten Zustand.

»Aber diese Art, wie er Hannah ansieht – das ist Liebe.«

Paul knipste das Licht an. »Was wissen wir denn über Alex? So gut wie nichts. Die Informationen über seine tote Mutter hat er uns vorenthalten. Dass seine Eltern nicht zur Verlobung kommen, begründete er damit, dass sie gesundheitlich angeschlagen wären und nicht gern reisten. Eine glatte Lüge.«

»Trotzdem will ich es einfach nicht glauben«, sagte Katinka.

»Nicht glauben oder nicht wahrhaben?« Paul schlug die Decke zurück und wollte aufstehen.

»Was hast du vor, mitten in der Nacht?« Katinka hielt ihn zurück, indem sie ihn am Arm zu fassen bekam.

»Ich werde Hannah von ihm wegholen. Ich kann einfach nicht bis morgen warten.«

»Das lässt du bleiben«, sagte Katinka resolut. »Sie ist immer noch meine Tochter, und ich will nicht alles zerstören, was sie sich aufgebaut hat.«

»Das Zerstörungswerk kannst du Alexander zuschreiben.«

»Nein. All das sind bloße Vermutungen. Wir haben kein Recht dazu, ihn vorzuverurteilen. Noch will ich die Hoffnung nicht aufgeben, dass sich alles aufklärt und als großes Missverständnis erweist.«

»Was soll das denn für ein Missverständnis sein? Das sind doch bloß Wunschträume von dir!«

Minutenlanges Schweigen.

Die quälende Ungewissheit länger ertragen zu müssen war für Paul unvorstellbar. Er fragte: »Wäre es nicht unsere Pflicht, Hannah wenigstens zu warnen? Wir können das arme Kind doch nicht ins offene Messer laufen lassen.«

»Warnen? Wovor? Dass Alexander der Sohn einer Selbstmörderin ist, die vor über dreißig Jahren Probleme mit dem Gesetz gehabt hatte? Und dass wir daraus den kühnen Schluss ziehen, er sei der blutige Rächer seiner Mutter, ohne jedoch einen einzigen Beleg dafür zu haben?« Sie schlug mit der Faust auf ihr Kopfkissen. »Weißt du, was dann passieren wird? Hannah wird uns für verrückt erklären, schlimmstenfalls sogar mit uns brechen. Möchtest du das etwa riskieren?«

»Du willst es also drauf ankommen lassen und die Verlobung durchziehen?«

Katinka nickte zunächst zaghaft, dann bestimmt und überzeugt.

25

Hannah sah hinreißend aus. Sie trug ein kurzes, weißes Kleid, das wie angegossen saß. Hochhackige Schuhe, wie sie Paul nie zuvor an ihren Füßen hatte bewundern können, brachten ihre schlanken Beine noch mehr zur Geltung. Ihrer üppigen Haarpracht ließ sie freien Lauf: Die blonden Löckchen tanzten vor ihren lächelnden himmelblauen Augen.

An ihrer Seite stand Alexander im eleganten dunklen Anzug. Den obersten Knopf seines fein gestreiften Hemdes trug er offen. Auch er strahlte Zufriedenheit und pure Lebensfreude aus. Paul fiel es schwer, in diesem adretten jungen Mann den Mörder zu sehen, der ihm die ganze Nacht über durch den Kopf gespukt war.

Jan-Patrick hatte den *Goldenen Ritter* komplett für die geschlossene Gesellschaft reserviert, sodass sich die Verlobungsgäste komfortabel in der urigen Gaststätte ausbreiten konnten. Einer nach dem anderen traf ein, beglückwünschte das Paar und überreichte Geschenke: Pfarrer Fink gehörte zu den Ersten, gefolgt von einigen Kommilitoninnen aus Hannahs Studentenzeit. Pauls Eltern, Hertha und Hermann, führten die betagte Hundedame Bella an der Leine mit sich. Dann erschien die hagere Gestalt Victor Blohfelds auf der Bildfläche, schnappte sich einen Aperol Spritz und schüttelte dem Paar die Hand.

Paul verfolgte das Defilee der Gäste nur mit halber Aufmerksamkeit, denn er konnte seinen Blick nicht von Alexander nehmen. In jede Geste und jedes noch so kleine Mienenspiel versuchte er etwas hineinzuinterpretieren und Alexanders Gedanken zu lesen, die – da war Paul sicher – heimtückisch und bösartig waren. Von der lockeren Atmosphäre, dem munteren Gelächter und Geplauder mochte Paul sich nicht anstecken lassen. Mit angespannter Verbissenheit führte er einige Pflichtgespräche und spulte dabei Smalltalkfloskeln ab, ohne gedanklich wirklich bei der Sache zu sein. Auch Jan-Patricks sicherlich famoses Horsd'œuvre, darunter mit Karpfencreme bestrichene Kartoffelpüfferchen und kunstvoll gestapelte Auberginen-Tomaten-Türmchen, ließ er links liegen, so sehr war er fixiert auf sein momentanes Feindbild Nummer eins.

Es schmerzte ihn beinahe körperlich, als er – zur Untätigkeit verdammt – mit ansehen musste, wie Alexander Hannah über den Nacken strich. Diese Hände so dicht am Hals seiner Stieftochter zu wissen, war eine schier unerträgliche Belastung.

Grund zum Aufatmen hatte er erst, als Jasmin Stahl durch die Tür kam. Die Kommissarin, die sonst lässig-sportliche Garderobe bevorzugte, hatte sich dem Anlass entsprechend herausgeputzt und trug ein kurzes Schwarzes, das ihr ausgesprochen gut stand. Ihr Begleiter, der groß gewachsene, silberhaarige Architekt Sebastian, konnte stolz sein auf seine fesche junge Freundin, dachte Paul.

Kaum hatte Jasmin Paul in der Feierrunde erspäht, ließ sie Sebastian stehen und kam auf ihn zu. Sie stellte sich dicht neben ihn auf die Zehenspitzen und tuschelte ihm ins Ohr: »Ich hoffe, du hast noch nichts unternommen.«

»Nein, das steht mir ja nicht zu. Aber ich bin kurz davor, verrückt zu werden. Hast du einen Haftbefehl dabei?«

»Nein, wir sind weit davon entfernt, einen beantragen zu können. Deine Frau wird dir doch sicherlich erklärt haben, dass man gewichtige Gründe braucht, um jemanden einfach wegsperren zu können.«

»Damals, '81, taten sich die Richter jedenfalls leichter damit, Haftbefehle en masse herauszuhauen. Aber hier und jetzt ist es natürlich etwas ganz anderes, denn diesmal geht es ja nicht um politisch unbequeme Demonstranten, sondern bloß um Mord«, sagte Paul verbittert.

»Mäßige dich, Paul.« Jasmin sah ihn strafend an. »Kein Streit. Nicht heute. Denk an Hannah.«

»Habt ihr sein Halstuch schon untersucht und die Fingerabdrücke vom Bilderrahmen genommen?«, drängte Paul auf Resultate.

»Haben wir. Null Übereinstimmung.«

»Wie kann das sein?«, fragte Paul und suchte selbst nach einer Antwort: »Vielleicht trug er Handschuhe, als er bei Welker einstieg, um ihn von der Leiter zu stoßen.«

»Oder aber er ist nie in dieser Wohnung gewesen.« Eindringlich sah sie ihn an. »Gegen Alexander spricht bisher lediglich, dass er der Sohn einer Betroffenen ist. Das reicht nicht aus, um ihm Handschellen anzulegen, ja nicht mal, um ihn als Tatverdächtigen zu vernehmen.«

»Dann denkt euch gefälligst etwas anderes aus!«, brauste Paul auf, woraufhin zwei von Hannahs Kommilitoninnen wie scheue Rehe Reißaus nahmen. »Ich kann jedenfalls nicht länger untätig dabei zusehen, wie Hannah mit einem Mörder Händchen hält.«

»Es ist nichts bewiesen!«, schärfte Jasmin ihm ein. »Bevor es uns nicht gelingt, wenigstens einen der angeblichen Morde als solchen nachzuweisen, können wir auch keinen Mörder festnehmen.«

»Aber das ist abstrus!«, wetterte Paul, worauf ihn Jasmin in eine Ecke weitab vom Geschehen zog.

»So lauten nun mal die Regeln eines Rechtsstaats«, sagte sie streng. »Beiß die Zähne zusammen und warte ab. Du musst dich wenigstens so lange gedulden, bis wir grünes Licht für die Exhumierung der Leichen bekommen haben. Erst danach können wir mit greifbaren Ergebnissen rechnen. Wenn du Alexander vorher etwas verrätst, ist er gewarnt und könnte uns entkommen.«

Zähneknirschend willigte Paul ein, sich vorerst zurückzuhalten.

Glücklicherweise hatten Hannah und Alexander nicht auf formelle Ansprachen der Brauteltern bestanden, denn Paul hätte keinen einzigen Ton herausgekriegt. Und auch für Katinka, die die ganze Zeit über mit versteinertem Blick im Hintergrund gestanden hatte, wäre dies eine Zumutung gewesen. Er wollte zu ihr gehen, um ihr Mut zuzusprechen, doch Blohfeld fing ihn auf halber Strecke ab.

»Keine schlechte Party, aber es steht zu wenig Fleisch auf dem Büfett. Wo bleiben Sauerbraten und Schäufele?«, fragte er im gewohnt schnoddrigen Ton.

»Vegetarisch würde Ihnen auch mal guttun«, meinte Paul. »Dann wären Sie vielleicht weniger bissig.«

»Gott will nicht, dass wir Brokkoli dünsten. Ich bin ein passionierter Tierfresser und stehe dazu.« Der Reporter taxierte Paul, wobei ihm dessen Anspannung erwartungsgemäß nicht entging. Doch er deutete sie falsch: »Nervös, weil Sie Ihr Stieftöchterchen bald einem anderen überlassen müssen?«

»Das wären Sie an meiner Stelle auch.«

»Zum Glück habe ich nie Kinder gehabt, auch keine angeheirateten, um deren Wohl ich mich sorgen müsste. Und das ist auch gut so. Ich bin mir selbst genug.«

»Das glaube ich Ihnen sofort«, sagte Paul und wollte zügig weitergehen.

Doch so schnell ließ sich Blohfeld nicht abspeisen: »Sind Sie eigentlich immer noch dem mysteriösen Rentnersterben auf der Spur?«

»Weshalb interessieren Sie sich denn dafür?«, fragte Paul ausweichend.

»Weil es, wenn es konkret werden sollte, eine interessante Story für mein Blatt abgäbe.«

»Konkret wird da leider gar nichts«, sagte Paul wahrheitsgemäß und ließ den Reporter stehen.

»Na ja, was soll's. Die Lotto-Opas hatten ganz einfach das Alter erreicht, in dem die Lebensuhr nun mal abläuft«, rief Blohfeld ihm nach. »So ist die Natur der Dinge.«

Paul wandte sich noch einmal um. »Warum nennen Sie sie ›Lotto-Opas‹?«

»Wissen Sie etwa nicht, dass sie alle miteinander Spieljunkies waren?«

»Es waren halt alte Kartelbrüder.«

»Mit Karteln allein ließen sie es nicht bewenden: Die füllten die Lottoscheine aus wie Weltmeister. Vor ein paar Jahren hat die Rentnergang sogar mal recht ordentlich abgeräumt und um die hunderttausend Euro einkassiert. Das war uns eine kleine Schlagzeile wert, nach dem Motto: Rentnerstammtisch im siebten Lottohimmel.« Blohfeld lächelte verschmitzt. »Das fanden sie nicht sonderlich witzig. Wir durften nicht mal ein Foto von denen abdrucken. Hatten wohl Angst, dass ihnen jemand den Zaster neidet.«

Paul ging kopfschüttelnd weiter, doch mittlerweile war Katinka im Gespräch mit Hannes Fink, der ihren kummervollen Gesichtsausdruck zum Anlass genommen hatte, intensiv auf sie einzureden. Paul fragte sich, ob Katinka den Pfarrer mittlerweile ins Vertrauen gezogen hatte.

Noch immer voll innerer Unruhe, beschloss Paul, sich eine kurze Auszeit zu nehmen. Er strebte zu den Toiletten im Kellergeschoss, um sein Gesicht mit kühlem Wasser zu benetzen, denn er hatte den Eindruck, wie im Fieberwahn zu glühen.

Kaum dass er den Waschraum betreten hatte, wurde die Tür erneut geöffnet. Paul durchzuckte es wie ein Stromschlag, als er sich plötzlich Alexander gegenübersah.

»Alex...ander«, stammelte er und stützte sich mit beiden Händen am Waschbeckenrand ab.

Der junge Mann lachte ihn an. »Du schaust mich ja an wie ein Gespenst«, sagte er amüsiert.

»Das ist ... äh, es tut mir leid. Keine böse Absicht«, stotterte Paul herum.

Alexander strahlte Paul an. »Hannah ist bei mir in guten Händen.«

Paul merkte, wie sich ein Kloß in seiner Kehle bildete. Gleichzeitig wurde ihm schwindelig, sodass er sich noch krampfhafter am Becken festhielt.

In Alexanders Gutelauneblick mischten sich Anzeichen der Sorge. »Du siehst mitgenommen aus. Ich hätte gar nicht erwartet, dass du mit so viel Emotionalität dabei bist.«

»Doch, das bin ich«, sagte Paul mit erstickter Stimme und versuchte ein wenig von Alexander abzurücken.

Alexander schloss die Lücke sofort wieder und schaute Paul intensiv in die Augen. Dieser bohrende Blick machte Paul nur noch nervöser. Ahnte er, dass Paul ihm dicht auf den Fersen war?

Unvermittelt griff Alexander in die Innentasche seines Jacketts. Paul fuhr erschrocken zusammen, rechnete er doch damit, dass Hannahs Liebling ein Skalpell oder Messer zücken würde. Doch statt einer scharfen Klinge hielt Alexander ein Tablettenröhrchen in der Hand.

»Davon nimmst du am besten gleich zwei«, empfahl er und schraubte das Röhrchen auf.

Pauls Herz schlug ihm bis zum Hals, als er fragte: »Was ist das?« Die Antwort kannte er selbst: Gift! Wahrscheinlich ein schwer nachweisbares. Sollte Paul ebenfalls an einem Infarkt sterben wie Walter Helmbrecht, oder hatte sich sein künftiger Schwiegersohn eine andere Todesvariante für ihn einfallen lassen?

»Ein Beruhigungsmittel«, erklärte Alexander mit sanfter Stimme. »Der Wirkstoff Diazepam hilft zur kurzfristigen Linderung bei übergroßer Aufregung und Nervosität. Ich hatte mir schon gedacht, dass ich die Pillen am heutigen Tag gebrauchen könnte, und daher ein Röhrchen eingesteckt.«

»Ein Beruhigungsmittel?«, fragte Paul, entsetzt über die Abgebrühtheit des Killers. Er log ihm eiskalt ins Gesicht!

Alexander nickte ihm aufmunternd zu. »Beschwerden und Nebenwirkungen von Diazepam sind in der Regel selten. Du kannst mir vertrauen, danach geht es dir besser.« Er hielt Paul zwei der runden weißen Pillen hin.

Darauf bekam es Paul mit der Angst zu tun. In einer Panikattacke schlug er Alexander die Tabletten aus der offenen Hand.

Dieser sah ihn völlig irritiert an. Auf seinen Lippen formte sich eine Frage, doch er kam nicht dazu, sie auszusprechen. Denn Paul baute sich vor ihm auf und sagte ihm ungeschützt ins Gesicht, was er eigentlich unter allen Umständen geheim halten sollte:

»Wir wissen, dass du es gewesen bist!«

»Was bin ich gewesen?« Alexander wurde blass und trat einen Schritt zurück. »Wovon redest du?«

Paul hatte sich nicht länger im Griff. Aufgebracht und wütend schrie er sein Gegenüber an: »Du hast sie alle auf dem Gewissen: Kraus, Helmbrecht, Welker und Polster.«

»Wie meinst du das? Wovon redest du bloß?«

»Wir wissen nicht, wie du es angestellt hast, aber keine Sorge: Das werden wir schon noch herausbekommen. Du hast ausgespielt, Alexander!«

In Alexanders Mimik drückten sich die unterschiedlichsten Gefühle aus, von denen die Überraschung das stärkste zu sein schien. »Ich habe keine Ahnung, wie du darauf kommst. *Was* soll ich getan haben? Und *warum?*«

»Du hast die alten Männer ermordet. Einen nach dem anderen. Leugnen ist zwecklos.« Paul funkelte ihn böse an.

»Aber aus welchem Grund denn? Weshalb sollte ich so etwas Furchtbares gemacht haben?« Jetzt war es Alexander, der Halt am Waschtisch suchte. Doch dann schien er sich zu fangen und fand sogar sein Lächeln wieder: »Du verarschst mich, Paul. Das ist ein makabrer Scherz von dir, ja? Du willst austesten, ob ich dem speziellen Humor meines Schwiegerpapas gewachsen bin.«

Paul ließ sich nicht darauf ein und sah ihn mit versteinerter Miene an. »Du hast es für deine Mutter getan. Es war blanke Rache«, gab er seinen Trumpf preis. »Ja, wir wissen alles über dich.«

Alexanders bemühtes Grinsen verschwand augenblicklich. Kreidebleich und mit wackligen Knien starrte er Paul an. »Das ist doch alles Unsinn. Wie kommst du dazu, mir so etwas vorzuhalten?«

»Weil ich Hannah schützen will«, sagte Paul in schneidendem Ton. »Ich werde alles in meiner Macht Stehende dafür tun.«

Alexanders Gesicht war anzumerken, dass er Pauls Anschuldigungen erst einmal verarbeiten musste, und seine Zähne mahlten. Er gewann an Selbstsicherheit zurück, als er sagte: »Das ist es also: Du willst mich von Hannah losbringen. Dafür ist dir jedes Mittel recht.«

»Ja!«, sagte Paul geradeheraus. »Das will ich, und das werde ich!«

»In Ordnung, Herr Flemming«, sagte Alexander mit gepresster Stimme. »Sie haben Ihr Ziel erreicht. So etwas lasse ich mir nicht bieten.« Er knallte das Tablettenröhrchen ins Waschbecken und stürmte aus dem Raum.

26

Paul brauchte einen Moment, um den Schrecken dieser Situation zu überwinden, und eilte Alexander dann hinterher. Doch im Türrahmen hielt er inne. Er machte kehrt, um sich die Tabletten zu schnappen. Mit dem Röhrchen in der Hand rannte er auf den Flur in Richtung Treppe. Dort prallte er mit Jasmin zusammen, die auf dem Weg nach unten war.

»Bist du Alexander begegnet?«, fragte er atemlos.

»Jaja«, antwortete Jasmin ahnungslos. »Er ist ziemlich flott an mir vorbeigeschossen.« Sie kniff die Augen zusammen, als sie die Zusammenhänge zu verstehen begann. »Hast du ihm etwa doch etwas verraten?«

Paul wich einer Antwort aus und kürzte ab: »Wir waren auf der richtigen Fährte. Er ist unser Mann! Auf der Toilette wollte er auch mich ermorden.«

»Auf dem Klo? Dich?«, fragte Jasmin ungläubig. »Wie denn?«

Paul hielt ihr triumphierend das Pillenröhrchen entgegen. »Das hier ist der Beweis! Damit wollte er mich vergiften.«

Jasmin las die Aufschrift auf der Verpackung. »Ist das nicht bloß ein Beruhigungsmittel? Ich kenne diese Marke. Habe ich selbst mal genommen.«

»Nein, das ist Gift!«, behauptete Paul. »Wenn ihr es im Labor untersucht, wird sich das bestätigen.« Jasmin wirkte wenig überzeugt. Doch darauf konnte Paul keine Rücksicht nehmen. »Wir müssen ihm nach!«, schärfte er ihr ein. »Ruf Verstärkung!«

»Und mit welcher Begründung? Nur weil jemand

seine Verlobungsfeier verlässt, kann man ihn doch nicht zur Fahndung ausschreiben.«

»Dann helf du mir wenigstens, ihn zu finden!«

Jasmin ließ sich nicht lange bitten und eilte mit ihm die Treppe hinauf. Im Gastraum herrschte noch immer reger Betrieb. Jan-Patrick hatte soeben das Nachspeisenbüfett eröffnet und seine Bayrisch Creme mit warmer Vanillesoße und Schokoladen-Gewürz-Fondant angepriesen. Paul und Jasmin schauten sich in dem durch viele Stützen und Querstreben unübersichtlichen Lokal um und suchten hektisch die verborgenen Nischen ab. Von Alexander keine Spur.

»Er ist wohl schon draußen!«, vermutete Paul. Jasmin nickte und stürmte mit ihm vor die Tür. Die schmale Flucht der Irrerstraße hatten sie schnell überblickt. Im Dämmerlicht machten sie einige Passanten aus, Alexander aber war nicht unter ihnen.

»Wir teilen uns auf! Ich laufe zum Neutor, du auf den Weinmarkt«, ordnete Jasmin an und rannte los.

Auch Paul zögerte keine Sekunde. Noch immer floss pures Adrenalin durch seine Adern, sodass er kurz darauf sein Ziel erreicht und sondiert hatte. Leider erfolglos, denn außer einem verirrten Touristenpaar aus Asien hielt sich niemand auf dem überschaubaren Platz auf. Wo war Alexander geblieben? Abgebogen in eine Seitengasse? Oder weitergelaufen in Richtung Kirche? Paul dehnte seine Suche auf den Sebalder Platz und auf den Hauptmarkt aus.

Hier gestaltete sich die Suche noch schwieriger, denn es gab unzählige Möglichkeiten, unterzutauchen und sich zu verstecken. Alexander könnte sich hinters neue Rathaus geflüchtet oder im Säulengang unterm *Café Alex*

Schutz gesucht haben. Vielleicht war er aber auch schon viel weiter. Paul konnte es nicht wissen und beschloss, die Suche abzubrechen.

Als er zum *Goldenen Ritter* zurückkehrte, war er frustriert, und kalter Schweiß stand auf seiner Stirn. Jasmin war ebenfalls wieder da, auch sie ohne den Flüchtigen. Sie tippte mit verbissener Miene auf ihr Handy ein.

»Was nun?«, fragte Paul. »Kannst du etwas unternehmen?«

»Wir können nicht das Risiko eingehen, dass er uns entwischt. Selbst wenn noch nichts bewiesen ist, werde ich nach ihm fahnden lassen. Das nehme ich jetzt auf meine Kappe.«

»Immerhin hast du eine stichhaltige Begründung: Dass Alexander getürmt ist, erhärtet den Verdacht gegen ihn.«

»Wie man's nimmt«, sagte Jasmin fahrig. »Jetzt muss ich aber los, damit ich die Fahndung vom Präsidium aus überwachen kann.« Schon kehrte sie ihm den Rücken.

Paul sah ihr kurz nach, bevor er sich wieder dem *Goldenen Ritter* zuwandte. Schweren Herzens drückte er die Klinke, denn was nun auf ihn zukam, war gewiss kein Zuckerschlecken.

Als er eintrat, fand er Hannah völlig aufgelöst im Gastraum vor, umringt von ihren Freundinnen, Katinka und Hannes Fink. Ihre Schminke war zerlaufen, nur mühsam hielt sie weitere Tränen zurück. Als sie Paul erkannte, sagte sie mit bebenden Lippen: »Er ist weg! Alexander ist gegangen. Ohne ein Wort.«

»Ja, ich weiß. Es gab einen Vorfall.«

»Vorfall?« Hannahs Augen sprühten Funken. »Was hast du getan? Was um Himmels willen hast du mit Alex angestellt?«

»Es ging nicht anders«, erklärte Paul und versuchte seine Hände beruhigend auf Hannahs Schultern zu legen. Doch sie entwand sich ihm mit wütendem Blick.

»Sag, was geschehen ist!«, forderte sie kategorisch.

»Alexander ist in Verdacht geraten, etwas mit den Rentnermorden zu tun zu haben.«

»Das ist nicht dein Ernst!« Hannah sah ihn fassungslos an. »Du willst ihm die Schuld für den Tod dieser Opas geben? Für Morde, die es nur in deiner Phantasie gibt?«

»Alexander hat seine Gründe. Seine Mutter gehörte damals zu den Opfern«, versuchte Paul ihr behutsam beizubringen.

»Ja. Und sie hat sich das Leben genommen. Das weiß ich alles«, sagte Hannah mit kaum unterdrückter Wut.

»Hat er dich etwa eingeweiht?«

»Was heißt hier ›eingeweiht‹? Natürlich kenne ich die Lebensgeschichte meines Verlobten! Denkst du, ich hätte mich sonst auf ihn eingelassen? Aber ich habe ihn gebeten, dir nichts davon zu erzählen. Ich wollte nicht, dass du Alex noch mehr für deine Belange einspannst, als du es eh schon getan hast. Alex war noch ein Baby, als er zur Adoption freigegeben wurde. Er selbst hat keinerlei Erinnerungen an das, was damals vorgefallen ist. Für ihn sind seine Adoptiveltern Mama und Papa. Bei ihnen ist er aufgewachsen und hat eine glückliche Kindheit in Passau verlebt. Leider sind Inge und Walter nicht mehr so fit, dass sie heute dabei sein können.«

Paul wollte kaum glauben, was er gerade zu hören bekam. Die Stiefeltern hatte Hannah bislang nicht erwähnt – möglicherweise lag das daran, dass Paul sich bei ihr nie nach Alexanders Familienverhältnissen erkundigt hatte. Dennoch hielt er an seiner Theorie fest: »Hat er nie angedeutet, dass er die Ungerechtigkeit, die seiner Mutter widerfahren ist, rächen wollte?«

Hannah sah Paul nun gleichermaßen traurig und enttäuscht an. »Wie kommst du bloß auf solch eine abstruse Annahme? Alex weiß, dass seine leibliche Mutter eine sehr labile Persönlichkeit gewesen ist und wohl auch an Depressionen litt. Sie ist mit ihrer gesamten Lebenssituation nicht fertiggeworden. Alexander würde niemals jemand anderen für ihr Schicksal verantwortlich machen.«

Auch wenn das, was Hannah zu sagen hatte, ein anderes Licht auf die Sache warf, war Paul nicht bereit, aufzugeben: »Wenn dein Alex die Unschuld in Person ist, warum ist er dann geflüchtet?«

Hannah lachte verbittert. »Er ist nicht geflüchtet, sondern er hat mich verlassen. Weil du ihn vergrault hast, Paul.« Dicke, runde Tränen rannen über ihre Wangen. »Das war's mit meiner Verlobung. Alles aus und vorbei!«

27

Die Gesellschaft löste sich zügig auf. Die Gäste verließen mit hängenden Köpfen die Gaststätte, nur Victor Blohfeld blieb zurück, um sich an den übrig gebliebenen Nachspeisen zu laben. Den wahren Grund für Alexanders Abgang hatte er zu Pauls Erleichterung nicht mitbekommen, denn sonst wäre längst der Bluthund in ihm erwacht, hätte er alles stehen und liegen lassen und wäre als Polizeireporter dem verschwundenen Verlobten hinterhergejagt.

Auch wenn Paul das Gewissen quälte, weil er seiner Stieftochter wehgetan hatte, war er nach wie vor fest von der Schuld Alexanders überzeugt. Mit aller Macht wollte er an seiner Theorie festhalten. Denn er war sich sicher, dass Alexander – einmal geschnappt – alles zugeben würde. Für derart willensstark, um einem streng geführten Verhör standzuhalten, hielt er ihn nicht. Er überlegte, das Ergebnis von Jasmins Fahndung in seinem Atelier abzuwarten. Denn zu Hause tröstete Katinka ihre Tochter, da wollte er als Verursacher des ganzen Kummers lieber nicht stören.

Doch mit einem Mal kam ihm ein anderer wichtiger Aspekt in den Sinn. In der ganzen Aufregung um die Enttarnung Alexanders als Rentnermörder hatten sie das einzig verbliebene Mitglied des Bratwurststammtisches völlig aus den Augen verloren: Otto Hagenau. Paul fragte sich, ob der ehemalige Stadtrat nicht immer noch in Gefahr schwebte. Zwar war es wahrscheinlich, dass sich Alexander auf der Flucht befand und so schnell wie möglich versuchen würde, aus Nürnberg zu verschwinden. Ebenso gut könnte er aber auch probieren, sein

Todeswerk zu Ende zu bringen. Wenn das stimmte, wäre Hagenau akut gefährdet!

Paul sperrte sein Atelier auf und griff gleich zum Telefon. Er wählte Jasmins Mobilfunknummer, doch das Handy sprang sofort auf die Mailbox um. Paul legte auf und erwog, es auf dem Festnetz des Kommissariats zu versuchen. Doch die Kripo war jetzt, am Wochenende – und am Abend noch dazu –, ganz sicher nicht in ihrer Dienststelle zu erreichen, und auch bei der rund um die Uhr besetzten Einsatzzentrale würde er kaum etwas erreichen können, denn niemand dort würde Anweisungen von Paul entgegennehmen. Andererseits: Vielleicht könnte die Einsatzzentrale ihn wenigstens zu Jasmin durchstellen. Paul probierte es.

Der Beamte, den er erwischte, war kurz angebunden. Frau Stahl nehme an einer Lagebesprechung teil und sei für niemanden erreichbar, sagte er unfreundlich. – Auch nicht ganz kurz? – Nein!

Daher wählte Paul erneut Jasmins Handy an. Er hinterließ ihr die Nachricht, dass er sich um Otto Hagenau sorge und sie so bald wie möglich jemanden dorthin schicken solle, am besten die Streife vor Ort. Bis es so weit wäre, würde er selbst nach dem Rechten sehen.

Da Paul gemeinsam mit Katinka in deren Mini zur Verlobungsfeier gefahren war, stand sein Renault noch in Kleinweidenmühle und war somit nicht sofort verfügbar. Doch für kurze Fahrten in der Stadt war sein altes Rennrad im Atelierflur ohnehin besser geeignet. Damit wäre er dank einiger nur per Zweirad befahrbarer Abkürzungen allemal so schnell bei Hagenau wie mit dem Auto.

Trotz der herbstlich-kühlen Temperaturen war Pauls Stirn schweißnass, als er Hagenaus Haus erreichte.

Während er sein Fahrrad an den Zaun lehnte und auf den nächtlich-dunklen Vorgarten blickte, konnte er seinem spontanen Entschluss, hierherzukommen, nicht mehr viel abgewinnen. Ihm war unheimlich zumute, denn unwillkürlich musste er an die Schüsse denken, die Hagenau bei seinem letzten Besuch auf ihn abgefeuert hatte. Wenn Paul zu nachtschlafender Stunde über sein Grundstück schlich, und Hagenau das mitbekam, würde dieser erst recht auf ihn anlegen. Paul zögerte: Am besten wäre es ja, die Sache von der Polizei regeln zu lassen. Er schaute sich um. Wieder und immer wieder. Doch die ersehnte Streife war nirgends zu sehen. Also musste er ran.

Paul war besonders auf der Hut, als er langsam das Gartentürchen öffnete. Die Läden der oberen Fenster waren geschlossen, dennoch behielt Paul sie fest im Blick, während er vorsichtig einen Schritt vor den anderen setzte.

Unbehelligt erreichte er das Portal und überlegte, wie er weiter vorgehen sollte. Wenn er läutete, würde ihn Hagenau wahrscheinlich hinter verschlossener Tür abwimmeln, aber gewiss nicht einlassen. Es sei denn, Paul konnte ihm überzeugende Argumente dafür nennen, dass er nicht als Feind, sondern als Beschützer kam. Doch wie sollte er das anstellen? Und wie konnte er beweisen, dass er, Paul, wirklich einer von den Guten war?

Während Paul noch haderte, ob er klingeln oder doch lieber auf Jasmin warten sollte, bemerkte er einen Wagen, der vor der Garage parkte. Zuvor war ihm das Auto nicht aufgefallen, denn er hatte sich auf dem Weg durch den Vorgarten ganz und gar auf das Dachgeschoss des Hauses konzentriert und nicht nach links oder rechts geschaut. Nun aber sah er das Auto, dessen Kofferraumdeckel seltsamerweise offen stand, und fragte sich, wem es gehörte. Alexanders schnittiger Scirocco war es gewiss nicht, das konnte er sogar aus dieser Entfernung im Halbdunkel erkennen. Beim Näherkommen identifizierte er den Wagen als anthrazitfarbenen Audi. Womöglich das Fahrzeug des Hausbesitzers selbst.

Paul wurde misstrauisch und fragte sich, was Hagenau um diese Uhrzeit ein- oder auslud. Für eine Einkaufstour war es definitiv zu spät, die Supermärkte hatten längst geschlossen.

Das muss ich mir näher ansehen, dachte Paul und ging zur Auffahrt hinüber. Er warf einen Blick in den Kofferraum, in dem er eine große Reisetasche sowie einen Trolley vorfand. Paul stutzte. Bedeutete das, dass Hagenau verreisen wollte? Um Urlaub zu machen? Oder wollte er sich vor seinem Mörder verstecken? Aber wo war Hagenau eigentlich? Holte er gerade einen weiteren Koffer – oder hatte Alexander ihn längst abgepasst und zurück ins Haus gezwungen? Eine Vorstellung, die Paul elektrisierte. Er musste sich vergewissern. Und zwar sofort!

Da das Garagentor offen stand, ging Paul hinein. Seine Augen gewöhnten sich schnell an das Halbdunkel, und er sah sich um. Dabei fiel ihm nichts Ungewöhnliches auf. Von der Garage aus führte eine weitere Tür ins Haus hinein. Auch sie war nur angelehnt, sodass Paul seine letzten Skrupel überwand und sie aufstieß. Durch einen schmalen Korridor gelangte er direkt in die Vorhalle der Villa, die von einer vornehm geschwungenen Treppe und einem riesigen Kristallkronleuchter dominiert wurde. Von Hagenau war nichts zu sehen, auch keine Spur von Alexander. Paul überlegte, ob er nach Hagenau rufen sollte, doch aus Respekt vor dessen Flinte, aber auch, um Alexander nicht zu warnen, setzte er seine Suche wortlos und auf leisen Sohlen fort.

Von der Halle gingen mehrere Türen ab, von denen Paul zwei ausprobierte. Beide waren verschlossen. Bei einer dritten Tür, die über dem Türstock mit geschliffenen Oberlichtern versehen war, meinte er den Schimmer einer Lampe zu erkennen. Hielt sich Hagenau in diesem Raum auf? Und wenn ja: allein oder mit dem Mörder? Es gab nur eine Möglichkeit, das herauszufinden. Also drückte Paul beherzt die Klinke!

Er betrat ein geräumiges, mit dunkler Holzdecke verkleidetes Wohnzimmer. Als Erstes fielen Paul die weißen Laken auf, mit denen die meisten der antik anmutenden Möbel verhängt waren. Gleich darauf entdeckte er Otto Hagenau. Der gedrungene Mann mit weißem Haarkranz stand vor einem ausladenden Schreibtisch und war wohl gerade dabei gewesen, Unterlagen in einer Aktentasche zu verstauen, als Paul ihn gestört hatte.

Überrascht sah Hagenau ihn an, um nur einen Wimpernschlag später herumzufahren und zum Gewehr zu greifen, das am Schreibtisch lehnte.

»Nein!«, rief Paul und streckte abwehrend beide Hände aus. »Ich bin kein Einbrecher, falls Sie das denken.« Er trat näher ans Licht, damit Hagenau sein Gesicht erkennen konnte. »Mein Name ist Paul Flemming. Sie kennen mich. Ich war vor Kurzem schon bei Ihnen.«

Hagenau starrte ihn grimmig an, den Lauf seines Gewehrs auf Pauls Brust gerichtet. »Das ist mein Haus! Sie haben hier nichts zu suchen!«, fauchte er ihn an. »Wie sind Sie überhaupt hereingekommen?«

Wollte Paul verhindern, dass der alte Mann in vermeintlicher Notwehr auf ihn schoss, musste er alles auf eine Karte setzen. Also kam er noch näher. »Ich bin hier, weil ich jetzt weiß, wer der Mörder ist. Die Polizei weiß es auch!«

»Der Mörder?« Hagenaus Stimme war voller Misstrauen. Er hob drohend das Gewehr, um Paul auf Abstand zu halten. »Und die Polizei weiß Bescheid, sagen Sie?«

»Ja. Es dauert nicht mehr lange, bis bewiesen ist, dass es sich nicht um Unfälle gehandelt hat«, warf Paul all seine Überzeugungskraft in die Waagschale.

»Wie soll das bewiesen werden?« Hagenaus Augenlider wurden von einem nervösen Zucken erfasst.

»Man wird die Leichen obduzieren. Dann kommt die ganze Wahrheit ans Licht.«

Anstatt den unentwegt auf ihn einredenden Paul endlich Vertrauen zu schenken und die Waffe zu senken, bildeten sich im Gesicht des ehemaligen Stadtrats zornige Falten. »Wann wird die Polizei so weit sein, um alles beweisen zu können?«, fragte er aggressiv.

Paul wunderte sich über diese Frage. »Ich glaube, dass schon morgen ein richterlicher Beschluss dafür vorliegen könnte.«

»Schon morgen«, griff Hagenau seine Worte auf und schien noch ärgerlicher zu werden. »Dann bleibt mir nicht mehr viel Zeit.«

Nun verstand Paul gar nichts mehr. Zumindest in den ersten Sekunden, nachdem Hagenau gesprochen hatte. Die Erkenntnis kam Paul erst, als er an den Audi dachte, der mit gepackten Koffern vor der Garage stand. Zählte er die mit Tüchern bedeckten Möbel hinzu, führte dies Paul zu dem Ergebnis, dass Hagenau drauf und dran war, eine längere Reise anzutreten. Nicht aber, um vor Alexander zu flüchten, sondern ...

»Sie stellen mich vor ein ernsthaftes Problem, junger Mann«, sagte Hagenau übel gelaunt. »Niemand hätte jemals an den Todesursachen gezweifelt, wenn Sie sich nicht eingemischt hätten. In den Augen der Ermittler waren es Unfälle, verdammt noch mal, Unfälle! Wenn Sie das infrage stellen, helfen Sie niemandem, am allerwenigsten sich selbst.« Er holte tief Luft. »Was soll ich nun mit Ihnen anfangen?«

Ein weiterer Informationsbrocken, der Paul zum radikalen Umdenken zwang: Sollte es etwa möglich sein, dass Hagenau selbst hinter der Todeskette in seinem Freundeskreis steckte? Aber warum, zum Teufel?

»Ich hatte gehofft, die Schüsse neulich hätten Sie ein für alle Mal abgeschreckt«, redete Hagenau unverdrossen weiter. »Ich habe übrigens bewusst danebengezielt, sonst wären Sie nicht so glimpflich davongekommen. Wie konnte ich denn ahnen, dass Sie die Unverfrorenheit besitzen, noch einmal bei mir aufzukreuzen? Was habe ich Ihnen getan, dass Sie mich so sehr in die Bredouille bringen? Alles, was ich will, ist in Frieden gelassen zu werden.«

»Aber das ... – das kann doch alles nicht sein«, stammelte Paul, der in einem Fall selten so krass danebengelegen hatte. »Wenn Sie hinter all dem stecken, ergibt gar nichts mehr einen Sinn.«

Paul begriff, dass er seine *KOMM*-Theorie umstricken musste: Traf es also doch zu, dass Hagenau – wie zwischenzeitlich kurz vermutet – die Karriere seines Sohnes absichern wollte, indem er lästige Mitwisser eigener politischer Fehltritte aus dem Weg räumte? Paul fragte Hagenau danach.

Die Reaktion war ernüchternd: »Wegen Thorsten soll ich gemordet haben? Lachhaft. Dieser eingebildete

Schnösel lässt sich von mir schon lange nichts mehr sagen. Der kommt allein zurecht. Meinetwegen kann er bleiben, wo der Pfeffer wächst.«

Eine klare Absage an die zweite Theorie, nahm Paul zur Kenntnis und sah sich selbst abermals vor einem großen imaginären Fragezeichen stehen. Worin sonst mochte das Motiv liegen? Es musste noch einen anderen gemeinsamen Nenner bei der Stammtischrunde geben. Ein Thema, das die Freunde zu Feinden gemacht hatte. Paul überlegte fieberhaft, als ihm ein alter Spruch in den Sinn kam: Bei Geld hört die Freundschaft auf.

Und dann hatte er es! Es war ganz einfach.

»Sie haben sich über Ihren Lottogewinn gestritten!«, platzte Paul heraus und wurde sogleich von neuen Zweifeln befallen. »Hatten Sie es so dringend nötig, dass Sie wegen hunderttausend Euro vier Menschen umbringen mussten?«

Hagenau hob verdutzt die Brauen. »Hunderttausend? Was reden Sie da? Das sind doch bloß Peanuts.«

»Haben Sie etwa noch einmal gewonnen? Eine größere Summe?«

Hagenau zögerte. »Nun ja, jetzt kommt es nicht mehr darauf an, es vor Ihnen geheim zu halten. Vor einem Monat haben wir das große Los gezogen und richtig abgesahnt. Dreieinhalb Millionen für unsere Tippgemeinschaft!«

Paul pfiff durch die Zähne. Das war tatsächlich eine Summe, die einen Menschen mit entsprechender Veranlagung schwach werden lassen konnte. Gleichzeitig fragte er sich, warum dieser Riesengewinn nicht groß durch die Nachrichten gegangen war, wo doch Blohfeld schon über den viel geringeren ersten Betrag berichtet hatte.

Die Antwort lieferte Hagenau ganz beiläufig: »Ich habe die Lotto-Heinis dazu verdonnert, weder unsere Namen noch unseren Wohnort preiszugeben. Nur so konnten wir ungewollte Publicity vermeiden.«

Paul verstand und nickte verhalten. Trotzdem fehlte ihm auch hier das Motiv. Denn die anderen Lottospieler hatten gewiss Angehörige mit Erbanspruch hinterlassen. Hagenau hätte also nichts vom vorzeitigen Ableben seiner Mitspieler gehabt. »Ich begreife es einfach nicht«, sagte Paul niedergeschlagen.

»Was gibt es daran denn nicht zu begreifen?«, fragte Hagenau überheblich.

»Selbst wenn Ihre Mitspieler tot sind, können Sie das Geld nicht allein behalten. Die Erben der anderen werden Forderungen stellen.«

»Nein, das werden sie gewiss nicht.« Hagenaus kantiger Mund bildete einen arroganten Ausdruck. Ganz offensichtlich fühlte er sich auf der sicheren Seite. »Ich will Sie nicht dumm sterben lassen, Herr Flemming: Nachdem sich unser erster Gewinn zu unser aller Leidwesen herumgesprochen hatte, haben wir für Abhilfe gesorgt, indem wir unserer Lottogemeinschaft strikte Regeln gaben. Wir waren uns einig, dass die Spieleinnahmen in unserem kleinen Kreis verbleiben sollten. Schied einer aus der Runde aus, verlor er den Anspruch auf seinen Gewinnanteil. Damit wollten wir gierige Verwandte und lästige Bittsteller außen vor halten.«

In Pauls Ohren hörte sich das unrealistisch an. »Wie konnte denn das funktionieren? Ist das überhaupt rechtens?«, fragte er mit Blick auf das Gewehr, das unverrückbar auf ihn gerichtet war.

»Wenn Sie keine anderen Sorgen haben: Wir hatten ausreichend juristischen Sachverstand in unseren Reihen«, gab Hagenau das Geheimnis preis. »Wir haben einen wasserdichten Vertrag ausgetüftelt, den wir alle unterschrieben. Es gab quasi eine geheime Gemeinschaftskasse, und im Falle eines Gewinns wollten wir das Geld auf den Kopf hauen. Soweit der Plan. Aber nachdem meine Freunde nun leider alle unter tragischen Umständen ums Leben gekommen sind, stehen die Millionen allein mir zu.«

»Vertrag hin oder her: Bei Mord wird auch diese seltsame Abmachung ungültig«, begehrte Paul auf und wagte sich einen weiteren Schritt vor. Er stand jetzt etwa zwei Meter vom Flintenlauf entfernt.

»Es waren keine Morde, verdammt noch mal, sondern Unfälle!«, blieb Hagenau trotzig bei seiner anfänglichen Behauptung.

»Das wird sich zeigen«, sagte Paul, dem sich der Vorgang noch immer nicht vollends erschloss. Warum hatten die anderen alten Männer tatenlos abgewartet, wie einer nach dem anderen aus dem Leben schied? »Spätestens nach dem zweiten Todesfall hätten sich die verbliebenen Lottospieler gegenseitig misstrauen müssen, sodass der Verdacht letztlich auch auf Sie gefallen wäre. Weshalb hat denn keiner der anderen etwas unternommen?«

»Weil niemand außer mir von dem Gewinn wusste«, behauptete Hagenau und schien dabei höchst zufrieden mit sich und seiner Schläue zu sein. »Zumindest am Anfang noch nicht.«

»Jetzt verstehe ich gar nichts mehr«, kapitulierte Paul.

»Sie kennen sich aus mit Lotto? Nein? Wir haben Systemscheine gespielt, da können Sie zwischen sieben und zwölf Zahlen wählen, aus denen dann die verschiedensten Kombinationen gebildet werden. Daher kennt zunächst niemand die tatsächlich gespielte Zahlenkombination. Die erfährt nur derjenige, der den Schein einlöst.«

»Und diese Rolle fiel Ihnen zu«, begriff Paul endlich.

»Ja, mir. Ich habe das für unsere Tippgemeinschaft übernommen, den anderen war der Papierkram nur lästig. Selbstverständlich habe ich in meinen kühnsten Träumen nicht erwartet, dass wir jemals einen Sechser landen würden. Aber als es dann so weit war ...«

» ... wollten Sie den Gewinn ganz allein für sich einstreichen«, führte Paul den Satz zu Ende. »Aber Ihre Mitspieler hätten sich doch jederzeit nach den Zahlen erkundigen können. Dann hätten Sie sie nennen müssen, andernfalls hätten Sie sich verdächtig gemacht.«

Für einen kurzen Moment schien Hagenaus ausgeprägtes Selbstbewusstsein zu bröckeln. »Ja, auf Dauer hätte ich es vor den anderen nicht verbergen können.«

»Deshalb sorgten Sie dafür, dass Ihre Freunde nie etwas von den Millionen erfahren würden. Noch ahnten sie vielleicht nichts von ihrem Glück, doch über kurz oder lang wären sie Ihnen auf die Schliche gekommen und hätten ihren Anteil eingefordert. Das wollten Sie keinesfalls zulassen. Habe ich recht?« Paul interessierte sich brennend für die Antwort, aber er hatte auch einen Hintergedanken: Solange Hagenau mit ihm redete, würde dieser wahrscheinlich nicht auf ihn schießen.

»Sie halten sich für einen Schlauberger, was?«, fragte Hagenau mit spöttischer Arroganz.

»Erst hat Karl Kraus verlangt, dass Sie ihm den Spielschein zeigen, dann erhöhte wohl auch Polster den Druck. Hatte er Sie dazu aufgefordert, ihm die Zahlen spätestens

beim Bratwurststammtisch am letzten Dienstag zu nennen? Mussten Ihre Stammtischbrüder deshalb sterben?«
Paul sah Hagenau an, wartete auf eine Reaktion.

»Erstaunlich, was Sie sich da so alles zusammenreimen. Sagen wir so: Ihr Tod kam mir nicht ungelegen.« Ein winziges Lächeln schmuggelte sich in sein wie in Stein gehauenes Gesicht.

Paul setzte mutig erneut einen Fuß nach vorn. Doch Hagenau reagierte sofort: Er richtete die Waffe aus.

»Wenn Sie mir eine Kugel in die Brust jagen, wäre das jedenfalls kein Unfall mehr«, warnte ihn Paul.

»Sie sind unberechtigt in mein Haus eingedrungen. Wenn ich auf Sie schieße, handelt es sich um reine Notwehr.« Hagenau starrte ihn mit finsterer Entschlossenheit an. Paul musste jede Sekunde damit rechnen, dass der alte Narr seinen Worten Taten folgen lassen würde und wirklich abdrückte. Doch würde er das tatsächlich tun? War er dazu imstande, einen Menschen aus nächster Nähe über den Haufen zu schießen? Nein, glaubte Paul. Denn, so nahm er inzwischen an, die Unfälle der anderen hatte Hagenau zwar inszeniert. Aber er hatte seinen Opfern nie von Angesicht zu Angesicht gegenübergestanden. Selbst beim Steinwurf auf Bernhard Polster nicht, denn auch da konnte er die Distanz wahren und musste seinem Opfer nicht in die Augen sehen. Bestärkt durch diese Gedanken wollte Paul den nächsten Schritt machen, aber Hagenau ließ das nicht zu.

»Halt!«, ermahnte er ihn. Sein fester Tonfall ließ keinen Zweifel an seiner Entschiedenheit zu.

Paul schlug das Herz bis zum Hals. Das Risiko, das er einging, war groß – *zu* groß. Sein eben gefasster Entschluss, die Nerven des anderen auszutesten, löste sich angesichts von Hagenaus eiskalten Augen in Luft auf. Paul meinte den Hauch des Todes zu spüren.

Es war vorbei: Er wähnte sich nicht mehr in der Lage, den Helden zu spielen. Die einzige Chance, die er nun noch sah, war die, sich zu ergeben. Vielleicht würde Hagenau ihn am Ende doch verschonen. Also blieb Paul stehen und hob langsam seine Arme.

»Sie geben auf? Sehr vernünftig«, sagte Hagenau grimmig.

Doch zu Pauls großem Unbehagen machte Hagenau keineswegs den Eindruck, als würde er sich entspannen. Noch immer fixierte er ihn mit dem Blick eines Mannes, der dazu ansetzte, ein lästiges Insekt zu zertreten. Und tatsächlich – Paul gefror das Blut in den Adern! – richtete Hagenau den Gewehrlauf exakt auf Pauls Herz aus. Hagenau presste den Gewehrkolben an seine Schulter, legte den Zeigefinger um den Abzugbügel und ...

Paul handelte instinktiv: Das Adrenalin ließ ihn seine Angststarre überwinden, er sprang auf Hagenau zu, rammte ihm den Ellenbogen gegen das Kinn und drückte gleichzeitig mit der anderen Hand den Gewehrlauf beiseite.

Im selben Moment löste sich der Schuss. Laut, scharf und nahe genug, um Trommelfelle zum Platzen zu bringen. Die Kugel rauschte dicht an Pauls Schläfe vorbei und schlug am anderen Ende des Raums ein. Sie holte eine Porzellanskulptur der römischen Gottheit Justitia von ihrem Sockel und ließ sie in tausend Scherben zerbersten.

Und schon setzte Hagenau wieder auf Paul an ...

28

Paul kauerte hinter einem Bett, das ihm als notdürftiger Schutzwall dienen sollte, und hatte eine Heidenangst. Der Schweiß stand ihm auf der Stirn, doch er wagte nicht, ihn abzuwischen. Überhaupt traute er sich nicht, sich zu bewegen, denn der Schock, den der Gewehrschuss ausgelöst hatte, saß noch immer tief.

Nachdem die Kugel aus Hagenaus Flinte ihn nur knapp verfehlt hatte, war Paul in heller Panik geflohen. Zunächst in das große Foyer, wo er schnurstracks auf die Ausgangstür zulief. Doch die war verschlossen, und kein Schlüssel steckte im Schloss. Da er hörte, wie Hagenau nachlud, wusste er sich nicht anders zu helfen, als die Treppe hinaufzurennen. Im oberen Stockwerk flüchtete er sich in den nächstbesten Raum. Ein Schlafzimmer, wie sich herausstellte. Die antiquierten Möbel rochen muffig, der Rollladen war heruntergelassen. Paul verkroch sich hinter dem breiten Bett, dessen Matratze samt Auflage hoch genug aufragte, um ihm Sichtschutz zu bieten.

Paul lauschte in die Dunkelheit. Er musste nicht lange warten, bis er das verräterische Knarren der Treppenstufen hörte. Hagenau war ihm also auf der Fährte! Er war zwar alt und nicht mehr der Schnellste, aber über kurz oder lang würde er Paul hier aufspüren – und ihn dann endgültig zur Strecke bringen.

Was tun? Da das Fenster in Pauls Rücken verrammelt war, blieb ihm nur die Flucht nach vorn. Inständig hoffte er, dass Hagenau an diesem Raum vorbeigehen und zunächst in anderen Zimmern nach ihm suchen würde.

Dann könnte Paul, sobald Hagenau ihm den Rücken kehrte, aus seinem Unterschlupf stürmen und zurück ins Erdgeschoss laufen. Bis auch Hagenau wieder unten angekommen wäre, hätte er vielleicht schon einen anderen Ausweg aus der Villa gefunden.

Während all diese Gedanken und Abwägungen durch seinen Kopf jagten, kamen die schlurfenden, gleichwohl schweren Schritte näher und näher. Mittlerweile musste Hagenau den oberen Treppenabsatz erreicht haben. Jetzt hing alles davon ab, wo er seine Suche beginnen und für welche der vier oder fünf Türen er sich entscheiden würde.

Paul traute sich kaum zu atmen, als er bangend ausharrte und auf seine große Chance wartete. Dies war der Moment, in dem das Handy in seiner Hosentasche zu vibrieren begann und gleich darauf klingelte. Diesen schrillen Ton konnte selbst ein Tauber nicht überhören!

Er erstarrte zur Salzsäule. Sein ohnehin schwacher Fluchtplan hatte sich soeben als vorzeitig gescheitert erwiesen. Zu Pauls Entsetzen stoppten die Schritte vor der Tür für kurze Zeit, nur um sich gleich darauf sehr zügig seinem Versteck zu nähern. Jeden Augenblick würde Hagenau die Zimmertür aufstoßen und mit dem Gewehr im Anschlag hereinplatzen.

Paul setzte alles auf eine Karte: Mit dem noch immer klingelnden Telefon in der Hand sprang er auf und warf sich mit voller Wucht gegen das Türblatt. Offenbar genau im richtigen Moment, denn von außen hörte er ein schmerzerfülltes Stöhnen. Er hatte Hagenau erwischt, als dieser gerade in den Raum treten wollte.

Zeit zum Verschnaufen blieb jedoch nicht, denn auch wenn der Senior durch Pauls Attacke ausgebremst worden war, hielt sich die Wirkung des Überraschungsangriffs in Grenzen: Kaum eilte Paul an ihm vorbei, hob Hagenau schon wieder seine Waffe. Paul hetzte die Treppe hinunter, als der nächste Schuss auf ihn abgegeben wurde. Erneut daneben, aber es war nur eine Frage der Zeit, bis Hagenau treffen würde.

Paul suchte nach einem neuen Fluchtweg. Er entschied sich, das Haus auf demselben Weg zu verlassen, auf dem er hereingekommen war, nämlich durch die Garage. Er durchmaß das Foyer mit wenigen schnellen Schritten und drückte den Knauf der Tür, die ihn in die Freiheit führen sollte. Zu seinem Verdruss musste er feststellen, dass Hagenau vorgesorgt und auch diesen Ausgang inzwischen versperrt hatte.

Schadenfroh lachend erschien der Hausherr oben auf der Treppe und legte wieder auf Paul an. Der zog den Kopf ein und rannte blindlings drauflos. Aus Furcht vor dem nächsten todbringenden Geschoss schlug er dabei Haken wie ein Hase. Genauso fühlte er sich auch: wie zur Jagd freigegebenes Wild!

Beim nächsten Raum, den er erreichte, handelte es sich um die Küche. Diese erwies sich als relativ modern und verfügte sogar über einen großen Gasherd, wie Katinka gerne einen hätte. Bei dem Gedanken an das Gas wurde Paul ganz mulmig zumute – denn ein direkter Treffer in die Zuleitung könnte verheerende Folgen haben. Also entschied er sich, sein nächstes Versteck möglichst weit weg in der entgegengesetzten Ecke zu suchen. Er verbarrikadierte sich hinter einem ausladenden Regal voll antik anmutendem Porzellangeschirr.

Nun musste er endlich das Handy zum Schweigen bringen, das unablässig weiterbimmelte. Er fingerte hastig auf dem Display herum, um den roten Auflegepunkt zu treffen, als er den Namen der Anruferin las: Jasmin Stahl!

Statt die Verbindung zu unterbrechen, nahm er das Gespräch kurzerhand an und rief: »Jasmin! Ich sitze in der Klemme!«

»Was ist denn los? Hat dich Katinka mit einer anderen erwischt?«, scherzte die Kommissarin, die offenbar nicht das Geringste ahnte.

»Das ist kein Spaß!«, schärfte Paul ihr ein und zwang sich zum Flüstern, als er erneut Schritte vernahm. »Ich bin in der Villa von Hagenau. Er schießt wieder auf mich!«

Jasmin brauchte etwas, um diese Information zu verarbeiten. »Wie jetzt? Warum bist du bei Hagenau? Und weshalb sollte er ...« Paul merkte an ihrem veränderten Tonfall, wie sie zu verstehen begann: »Bist du etwa schon wieder unangekündigt bei ihm eingedrungen?« Das war keine Frage, sondern ein Vorwurf.

»Ich wollte ihn vor Alexander warnen«, erklärte Paul gehetzt, denn die Schritte draußen im Foyer wurden lauter. »Deshalb und weil ich dich nicht erreichen konnte, bin ich hergekommen. Das habe ich dir alles auf deine Mobilbox gesprochen.«

»Aber wenn du ihm helfen willst – warum sollte er dich dann als Zielscheibe benutzen?«

Jasmin schien der Ernst der Lage noch immer nicht bewusst zu sein. »Wir waren auf dem Holzweg«, versuchte er ihr die veränderte Situation begreiflich zu machen. »Nicht Alex ist unser Mann, sondern Hagenau!«

»Verstehe ich nicht.«

Die schlurfenden Schritte, die in den letzten Sekunden immer näher zu kommen schienen, erstarben jäh, als die Küchentür aufgestoßen wurde.

»Paul? Bist du noch dran?«, erkundigte sich Jasmin.

Paul war geistesgegenwärtig genug, um nicht auf diese Frage zu antworten. Er presste das Handy dicht vor seine Brust und schwieg. Doch das nervöse Schaben mit seinen Schuhen auf dem gefliesten Küchenboden verriet seine Position.

Sofort hielt Hagenau das Gewehr in Pauls Richtung und betätigte ohne jedes Zögern den Abzug. Es krachte, annähernd zeitgleich zerschlug es Terrinen, Tassen und Teller im Regal. Die Scherben flogen in alle Richtungen.

»Paul?«, tönte es aus dem Handy.

»Ich kann jetzt nicht!«

Er duckte sich unter dem nächsten Schuss weg und flüchtete zwischen aufstiebenden Porzellansplittern. Deckung bot ihm die massive Platte des Esstisches, unter den er sich warf. Doch auch hier würde er nur für kurze Zeit sicher sein.

»Ist da eben tatsächlich eine Schusswaffe abgefeuert worden?«, fragte Jasmin. Endlich schien sie den Ernst der Lage zu begreifen.

»Ja, verdammt!«, zischte Paul. »Ich sagte doch, dass auf mich geschossen wird! Funk die Polizisten an, die vor Hagenaus Villa Streife fahren. Sie sollen sofort reinkommen und mir helfen!«

»Die können nichts für dich tun. Schnelleisen hat sie wieder abziehen lassen.«

»Was? Keine Streife mehr in der Nähe?«, fragte Paul verzweifelt.

»Nein, verflucht. Ich muss erst in der Einsatzzentrale fragen, welcher Wagen schnell bei dir sein kann.«

Zwei Beine in beiger Altherrenhose tauchten vor Pauls Augen auf. Mühsam gingen sie in die Knie.

Paul hatte keine Zeit zu verlieren! Er robbte unter dem Tisch hervor, richtete sich auf und türmte durch die Küchentür, abermals begleitet von einem scharfen Knall.

»Schick alles, was du aufbieten kannst, zur Hagenau-Villa!«, brüllte er ins Handy, während er durch das Foyer rannte. »Jede verflixte Streife, die diese Nacht im Einsatz ist. Und das SEK gleich hinterher!«

»Ich setze alle Hebel in Bewegung.«

»Das will ich hoffen!«

»Halt durch! Es kann nicht lange dauern.« Paul steckte das Handy weg und schaute sich um. Gerade rechtzeitig, um Hagenau aus der Küche kommen zu sehen. Paul verschlug es nun ins Arbeitszimmer – zum Ausgangspunkt der Hetzjagd. Als er den Raum mit seinem wuchtigen Mobiliar betrat, hielt er nach einem neuen Unterschlupf Ausschau. Gleichzeitig spähte er nach etwas, mit dem er sich schützen oder sogar verteidigen könnte. Mangels effektiver Alternativen entschied er sich für einen altmodischen Schirmständer aus kelchartig geformtem Buntblech, in dem, wie er meinte, vorhin noch ein Schirm gestanden hatte. Mit dem Ständer in der Hand zog er sich in eine Nische hinter dem Bücherregal zurück – keine Sekunde zu früh. Schon tauchte Hagenau im Türrahmen auf und schwenkte den Gewehrlauf langsam hin und her. Dabei setzte er lauernd einen Schritt vor den anderen. Aus seinem Versteck heraus beobachtete Paul mit Sorge, wie er sich ihm näherte. Hagenau musste ahnen, wo Paul sich aufhielt. Was kein Wunder war, denn viele Möglichkeiten, sich zu verbergen, bot der Raum nicht.

Paul umklammerte mit beiden Händen den Schirmständer, bereit, ihn notfalls nach Hagenau zu werfen.

Dieser hielt sich nur noch wenige Schritte von ihm entfernt auf.

Als Paul den geeigneten Moment für gekommen sah, schnellte er vor, den Ständer hoch über seinem Kopf haltend. Nahezu gleichzeitig legte Hagenau auf ihn an.

Wahrscheinlich wäre der alte Mann schneller gewesen. Doch er kam nicht dazu, abzudrücken. Denn im selben Augenblick löste sich eine hoch gewachsene Gestalt aus dem Halbdunkel hinter ihm. Sie schlug Hagenau mit dem holzgeschnitzten Griff eines Altherrenschirms auf den Hinterkopf. Mit voller Wucht! Hagenau ließ das Gewehr fallen und sank in sich zusammen.

»Für meine Mutter!«, rief Pauls Retter, den er erst jetzt erkannte – Alexander.

29

Woran mochte es wohl liegen, dass man einfach nicht genug von ihnen bekommen konnte? Egal, wie oft Paul sie aß, er wurde ihrer nie überdrüssig. Sie blieben sein Leibgericht.

Als Nürnberger, dem seine Herkunft etwas bedeutete, wusste Paul selbstverständlich, dass die Größe von sieben bis neun Zentimetern ebenso wie das Gewicht von zwanzig bis fünfundzwanzig Gramm bereits seit 1497 per Verordnung festgeschrieben war. Der jüngste Ratsbeschluss, der diese verbindlichen Werte bestätigte, erfolgte am 18. März 1998. Strenge Vorschriften regelten auch die Zusammensetzung der original Nürnberger Rostbratwurst. Dass dieser Klassiker geradezu süchtig machen konnte, davon kündeten diverse Erzählungen. Pauls liebste war die von einem kriminellen Patrizier, der während seiner langjährigen Haft im Nürnberger Schuldturm kein anderes Nahrungsmittel zu sich genommen haben soll und in seinem Verlies sage und schreibe achtundzwanzigtausend Würste verspeiste.

Nachdem Paul die erste seiner Sechs auf Kraut, die ihm Jan-Patrick im *Goldenen Ritter* serviert hatte, auf die Gabel gepikst hatte, biss er genüsslich hinein und ließ Zunge und Gaumen nach dem Geheimnis des Wohlgeschmacks forschen. Typisch für das weltbekannte Würstchen war die mittelgrobe Körnung des in Schafsaitling abgedrehten Schweinefleisches und natürlich die einzigartige Majoran-Gewürzmischung. Aber auch die Art, die handliche Delikatesse zu braten, machte viel aus und kam einer Kunst gleich: rösch musste sie sein, knusprig und mit der typischen Rauchnote.

»Mmm, ein Gedicht!«, schwärmte Paul.

Jan-Patrick wirkte geschmeichelt. »Wusstest du eigentlich, dass der Name ›Bratwurst‹ gar nichts mit dem Wort ›braten‹ zu tun hat?«

Nein, das wusste Paul nicht.

»›Brat‹ kommt von althochdeutsch ›brato‹, was so viel heißt wie ›Fleisch ohne Speck und Knochen‹.«

»Wieder was gelernt«, meinte Paul und aß die nächste Wurst.

Der Mann, der neben Paul in der Erkernische des Gasthauses saß und sich ebenfalls an einem Teller mit der Nürnberger Spezialität labte, räusperte sich. Pfarrer Hannes Fink gab Paul damit zu verstehen, dass er eigentlich mehr über Pauls letzten Fall hören wollte statt über dessen Leibspeise. Die dramatischen Ereignisse in Hagenaus Villa lagen inzwischen zwei Tage zurück.

Paul verstand den Wink. »Jasmin sprach von einer Sisyphusarbeit«, gab er das Gespräch wieder, das er im Zuge seiner Zeugenbefragung im Präsidium mit ihr geführt hatte.

Fink zeigte sich äußerst interessiert über den Verlauf der Ermittlungen: »Aber nachdem du Hagenau als Mörder seiner Freunde so gut wie überführt hast, müsste es doch ein Leichtes sein, ihn dafür vor Gericht zu stellen«, meinte der korpulente Geistliche.

Paul sah das realistischer: »Er hat die Taten ja nach wie vor nicht wirklich eingestanden, sondern redet sich mit immer neuen Ausflüchten aus der Verantwortung. Daher dürfte die Beweisführung schwierig werden.

Auch mir gegenüber hat er seine Beteiligung ja nicht etwa zugegeben, sondern immer nur von Unfällen gesprochen. Somit gebe ich einen lausigen Belastungszeugen ab.«

»Immerhin wollte er sich mit den Millionen absetzen, was ihn höchst verdächtig macht. Außerdem hat er auf dich geschossen«, argumentierte der Pfarrer.

»Der Lottogewinn steht ihm zu, und mich stellt er als Einbrecher hin«, hielt Paul dagegen. »Ich kann froh sein, wenn er mich nicht anzeigt.«

»So weit kommt's noch!«, empörte sich Fink und ließ seine dunklen Augen rollen.

»Da die Spuren an den Tatorten mittlerweile längst verwischt sind, setzen die Ermittler ihre ganze Hoffnung auf die Gerichtsmedizin. Aber auch das dürfte nicht unproblematisch sein.«

Die nächsten Würstchen verschwanden in den Mündern der Freunde. »Welche Rolle spielte denn nun dieser Alexander? Sein Auftritt erscheint mir ziemlich dubios«, meinte Fink. »Und warum heißt er eigentlich Winterkorn wie seine Mutter? Ich dachte, er sei nach ihrem Tod adoptiert worden?«

»Das ist leicht zu erklären: Als er volljährig war, nahm er wieder seinen ursprünglichen Familiennamen an. Aus sentimentalen Gründen, wohl im Andenken an seine Mutter. Fest steht: Mit den Todesfällen hatte er definitiv nichts zu tun«, stellte Paul klar. »Das konnte er inzwischen glaubhaft nachweisen, und er hat belastbare Alibis. Nein, da habe ich ihm unrecht getan. Alex hat sich einzig und allein mit der *KOMM*-Spur befasst, um mir einen Gefallen zu tun, und zuletzt hat er mir auch noch aus der Patsche geholfen, indem er mich vor Hagenau schützte. Ich habe mich für all das, was ich ihm unterstellt hatte, entschuldigt – doch das mindert nicht mein schlechtes Gewissen ihm gegenüber.«

»Diese Nummer in Hagenaus Haus will mir trotzdem nicht in den Kopf: Wieso tauchte Alex dort plötzlich auf? Wenn er doch eigentlich gar keine Rache für seine Mutter nehmen wollte, weshalb ging er dann überhaupt hin? Und woher wusste er, dass du bei Hagenau warst?«

»Das hat er nicht gewusst.« Paul war noch immer dankbar über den glücklichen Zufall, der Alexander zum gleichen Zeitpunkt in Hagenaus Haus geführt hatte, in dem er sich in höchster Not befand. »Nein, Alexander hatte niemals vorgehabt, Hagenau oder einem anderen der *KOMM*-Beteiligten etwas anzutun. Dass er trotzdem dort aufkreuzte, hat einen anderen Grund: Nach unserer Auseinandersetzung während der Verlobungsfeier war Alex zwar aufgebracht und stinksauer. Doch da er sich zu Unrecht verdächtigt fühlte, suchte er nach einer Lösung, um uns unseren Fehler begreiflich zu machen. Weil er selbst es ja nicht getan hatte, wusste er, dass der wahre Mörder nach wie vor unerkannt geblieben war. Also fragte er sich: Wer war's? Im Gegensatz zu mir hatte Alexander den richtigen Riecher: Seit den Schüssen im Vorgarten war ihm Hagenau suspekt, und er entschloss sich dazu, ihn noch einmal aufzusuchen. Seine Überlegung: Würde er Hagenau überführen, könnte er seine eigene Unschuld unter Beweis stellen. Als Alexander eintraf, hörte er schon von draußen das Knallen, woraufhin er sofort hineinging, um zu helfen. Keine Sekunde zu früh. Das nennt man wohl eine göttliche Fügung.«

»Oder ganz einfach einen Riesendusel«, meinte Fink. »Haben sich Hannah und er denn wieder zusammengerauft und wollen es noch einmal miteinander versuchen?«

Paul schüttelte den Kopf. »Alexander hat die Nase voll von unserer verrückten Familie. Und auch bei meinem Stieftöchterchen scheint die Liebe nach all dem Trubel erkaltet zu sein.«

»Alles in allem kann man sagen, dass du diesmal ziemlich viel Porzellan zerschlagen hast«, sagte Fink in einem leicht tadelnden Tonfall. »Und damit meine ich nicht nur das Geschirr in Hagenaus Küche.«

»Ja, aber ich habe das nur mit guter Absicht getan«, verteidigte sich Paul. »Denn ich musste ja annehmen, dass ...«

Er wurde mitten im Satz unterbrochen, als Katinka und Hannah in den Gastraum stürzten. Beide hatten alle Hände voll damit zu tun, eine Unzahl von Einkaufstaschen festzuhalten. Aufgedruckt waren die Schriftzüge und Logos bekannter Modeketten. Es handelte sich um die Früchte eines Kompensationsgeschäfts: Paul hatte seiner Stieftochter als Entschädigung für die geplatzte Verlobung einen stattlichen Shoppingzuschuss gewährt, den sie heute gemeinsam mit ihrer Mutter ausgegeben hatte.

Doch Paul wusste sehr genau, dass er sich von der aufgesetzten Heiterkeit der beiden nicht täuschen lassen durfte. Denn mit einem Taschengeld allein konnte er sich Hannahs Gunst nicht zurückkaufen. Innerlich kochte sie sicherlich noch immer vor Wut und lastete es Paul allein an, dass ihre Verlobungsfeier im Chaos geendet hatte.

So verwunderte es nicht im Geringsten, als sie ihre Einkäufe neben sich auf die Sitzbank knallte, Paul böse anfunkelte und in scharfem Ton sagte: »Glaub ja nicht, dass du damit aus dem Schneider bist! Was ist denn das überhaupt für ein Frauenbild, das du da hast? Du bist schuld am Zerbrechen meiner großen Liebe, und ein Shoppinggutschein macht dein Vergehen einfach so wieder wett?« Sie schüttelte den Kopf und ließ die Löckchen tanzen. »Dein Geld habe ich gern ausgegeben. Aber eine Wiedergutmachung war das nicht.«

»Hannah!« Katinka legte ihre Hand auf den Arm der Tochter. Eine Aufforderung zur Besonnenheit.

Doch Hannah blieb widerborstig: »Ist doch wahr! Das, was du dir bei meiner Verlobung geleistet hast, war das Allerletzte, Paul! Absolut egoistisch und ohne Rücksicht auf Verluste.«

Paul lag es auf der Zunge, ihr zu sagen, dass er nach bestem Wissen und Gewissen gehandelt hatte. Aber er merkte selbst, wie abgedroschen dieser Satz klingen würde. »Es tut mir wirklich sehr, sehr leid.«

Hannah ließ sich nicht umstimmen. »Das nutzt jetzt auch nichts mehr. Das mit Alex ist vorbei, und nur du bist daran schuld«, sagte sie bockig. »Ich weiß, dass du am Ende immer gern Friede, Freude, Eierkuchen magst, aber daraus wird diesmal nichts, Paul.«

»Jetzt mach aber mal einen Punkt«, mischte sich Katinka wieder ein. »Paul hat sich auch bei ihm entschuldigt und all den Ärger auf seine Kappe genommen. Mehr kann er nicht tun. Nun ist es an Alex und dir, wieder aufeinander zuzugehen.«

»Nach allem, was vorgefallen ist?« Hannah lachte verbittert. »Alex hat die Faxen mit uns dicke. Ein für alle Mal. Und ich kann es ihm nicht verdenken.«

»Hat er das so zu dir gesagt?«, wollte Paul wissen.

»Nein, wir haben seit der Feier keinen Kontakt mehr.«

»Hast du denn wenigstens versucht, mit ihm darüber zu sprechen?«

»Nein! Ich sagte doch, dass zwischen uns Funkstille herrscht.« Hannah setzte einen Schmollmund auf. »Ich werde ganz sicher nicht den ersten Schritt machen. Wenn, dann muss er sich bei mir melden. Denn er ist es ja gewesen, der einfach verschwunden ist und mich hat sitzen lassen.«

»Sei nicht kindisch, Hannah«, schalt Katinka sie. »Wir müssen uns bei ihm entschuldigen. Er ist gegangen, weil wir ihn gekränkt haben.«

»Du meinst: Weil Paul ihn gekränkt hat. Aber ich bin diejenige, die er im Stich ließ.«

»Wenn dir noch etwas an Alex liegt, musst du über deinen Schatten springen und dich bei ihm melden.«

Hannah verschränkte demonstrativ ihre Arme vor der Brust. »Nein! Und wenn einer von euch beiden es wagen sollte, mir noch so einen blöden Tipp zu geben, bin ich weg!«

Diese Warnung nahm sich Paul zu Herzen und hielt den Mund. Auch Katinka reagierte, indem sie flugs das Thema wechselte: »Es gibt auch gute Nachrichten«, verkündete sie und stibitzte Paul eine Wurst.

»Und sie lautet: Juchhe, der Nürnberger Einzelhandel ist gerettet«, spielte Paul auf die vielen Einkaufstüten der beiden Frauen an.

»Das auch, aber besser noch ist diese Neuigkeit: Der Haftantrag gegen Otto Hagenau ist durch!«

Paul strahlte. »Hat die Polizei doch noch Beweise sichern können?«

»Beweise nicht, aber ein sehr stichhaltiges Indiz: Hagenau war ein pedantischer Planer. Er hat seine Freunde haargenau ausspioniert und jedes ihm wichtig erscheinende Detail über ihre Lebensführung notiert. Bei Bernhard Polster seinen wöchentlichen Spaziergang an Jan-Patricks Bruchbude vorbei, bei Walter Helmbrecht die Herzschwäche, bei Karl Kraus seine Gehbehinderung sowie den steilen Treppenaufgang vor seinem Haus und bei Herrn Welker eine gewisse Neigung zu Haushaltsunfällen, wobei er sich die Kombination aus dessen Unvorsichtigkeit und Gebrechlichkeit zunutze machte. Alles in allem eine sorgsam angelegte Anleitung zum vierfachen Mord, die wir schwarz auf weiß in einer Kladde auf dem Schreibtisch gefunden haben.« Sie strich Paul mit dem Zeigefinger ums Kinn. »Du hast durch dein Auftauchen wohl gerade noch verhindert, dass er sie einstecken und irgendwo verschwinden lassen konnte.«

»War das etwa ein Lob für meine unbedachte und gefährliche Eigenmächtigkeit?«, fragte Paul mit spitzbübischem Lächeln.

Katinka grinste. »Ausnahmsweise ja.«

»Darauf müssen wir anstoßen!«, befand Paul und rief nach Kellnerin Marlen. »Bring uns bitte eine Flasche Sekt!«

»Wie wäre es mit einem 2011er aus Würzburg, dem Bürgerspital Pinot brut, einem Cuvée aus Burgundersorten?«, schlug Jan-Patricks Frau vor.

»Trinkt nur. Ich werde heute passen«, sagte Hannah noch immer miesepetrig. Doch Paul meinte eine leichte Entspannung in ihren Zügen zu erkennen. Das Gröbste schien überstanden.

Paul war erleichtert, dass sich die Situation zuletzt doch noch gelockert hatte. Denn sein gutes Verhältnis zu Hannah, das sich über die letzten zehn Jahre immer weiter verfestigt hatte und auf einem tiefen gegenseitigen Vertrauen fußte, bedeutete ihm sehr viel. Sie beide verband weit mehr als die durch die Ehe mit Katinka vorgegebene Vater-Stieftochter-Beziehung: Wie oft hatte Hannah ihm schon mit Rat und Tat zur Seite gestanden, wenn er sich in einen Fall zu verrennen drohte und es hart auf hart kam? Und wie viele Male hatte sie sich bereit erklärt, für ihn den Türöffner zu spielen und Verbindungen zu Tatzeugen und Informanten zu schaffen, an die Paul allein nie herangekommen wäre? Auf Hannah war Verlass – immer und unbedingt.

Paul war zuversichtlich, dass Hannah den Verlust ihres Verlobten in absehbarer Zeit überwinden würde. Denn auch das zeichnete sie aus: Wenn etwas für sie erledigt war, trauerte sie dem nicht lange nach, sondern richtete den Blick nach vorn. Ihre optimistische Grundhaltung war durch nichts zu brechen.

Paul dachte an all das, während er auf dem Weg zu den Toiletten den Gastraum durchschritt. Er wollte gerade die Treppen hinuntergehen, als sein Blick auf das Schaufenster neben der Eingangstür fiel, durch das Passanten auf Jan-Patricks Speisekarte und die Frischetheke schauen konnten. Wie meistens war die Scheibe beschlagen. Die Person, die davorstand, konnte Paul daher nur in Umrissen sehen. Er wollte schon weitergehen, doch irgendetwas ließ ihn innehalten. War es die Körpersprache des Unbekannten?

Paul trat näher an das Fenster heran, und nun erkannte er ihn: Es war niemand anderes als Alexander, der mit seinem Gesicht dicht vor der Scheibe stand und hineinzuspähen versuchte. Sein Ausdruck war niedergeschlagen. Paul meinte Wehmut und Sehnsucht aus seinen traurigen Augen ablesen zu können, als würde er sich nach seiner großen Liebe verzehren.

Von Alex bisher unbemerkt, überlegte Paul, was zu tun sei: Sollte er ihn hereinbitten und ihm Mut machen, es noch einmal mit Hannah zu versuchen? Vielleicht würde die Verlobung dann doch noch stattfinden.

Nein, besann er sich. Auch wenn er die Schuld an dem ganzen Schlamassel tragen mochte, durfte er sich nicht schon wieder in das Leben der beiden drängen. Eine Einmischung durch ihn würde die Fronten womöglich nur verhärten. Die Initiative müsste also von Alexander selbst ausgehen. Oder von Hannah.

Paul würde sich diesmal zurückhalten und dem Schicksal seinen Lauf lassen.

Danksagung des Autors

Der »Nürnberger Kessel«, der im Frühjahr 1981 bundesweit für Schlagzeilen sorgte, spielt eine wesentliche Rolle in Paul Flemmings zehntem Fall: Nachdem sich während einer unangemeldeten nächtlichen Demonstration einige Teilnehmer zu Steinwürfen hatten hinreißen lassen, wurden bei der folgenden Polizeiaktion hunderteinundvierzig Jugendliche und junge Erwachsene zusammengedrängt und festgenommen. Damit fiel Nürnberg die zweifelhafte Ehre zu, Schauplatz der ersten Massenverhaftung nach dem Dritten Reich geworden zu sein.

Während der geschilderte Kriminalfall fiktiv ist und samt allen handelnden Personen meiner Phantasie entspringt, habe ich mich bei der Schilderung der historischen Ereignisse nach Möglichkeit an die Fakten gehalten. Eingeflossen sind Zeitungsartikel und Dokumente sowie Zeitzeugenberichte. Viele Zitate entsprechen inhaltlich dem, was damals tatsächlich gesagt wurde. Dabei habe ich mich bemüht, beide beteiligten Seiten zu Wort kommen zu lassen. Denn in der Bewertung der Ereignisse aus dem März 1981 gehen die Meinungen auch heute, mehr als dreißig Jahre danach, weit auseinander.

Ich danke Stefan Imhof für sein sorgsames Lektorat, und für ihre Hilfe, Tipps und Anregungen: Dr. Uwe Meier, Maximilian Hensel, Andreas Humer-Hager, Dietmar Hasewinkel, Karsten und Christiane Naumann, Sabine Gräwe und Werner Hellwig, meinen Eltern Dietlind und Peter und meiner Frau Susanna.

Meinen Leserinnen und Lesern danke ich für ihre langjährige Treue!

Lust aufs Weiterlesen?
Ein weiterer spannender Kriminalroman zur Nürnberger Massenverhaftung!

Veit Bronnenmeyer
Zerfall
Albach und Müller: der zweite Fall
Kriminalroman, 240 Seiten
ISBN 978-3-86913-406-2

Als ein hochdekorierter Richter nach langer, schwerer Krankheit stirbt, deutet nichts darauf hin, dass er einem Verbrechen zum Opfer gefallen sein könnte. Und doch ist seine Tochter gerade davon überzeugt. Dumm nur, dass die junge Kommissarin Renan Müller zunächst keine Hinweise auf Tatzeit, Tatwaffe oder Tatort findet – nur verdächtige Graffitis mit Todessymbolen, die sich über den ehemaligen Arbeitsweg des Richters verteilen. Mit ihrem Kollegen Alfred Albach beginnt sie zu ermitteln. Zusammen entdecken sie tatsächlich Anzeichen, die auf einen unnatürlichen Tod hindeuten – die Spuren führen sie zur Nürnberger Massenverhaftung von 1981. Wurde damals schon das Schicksal des Richters besiegelt?

»Mit Logik, Intuition und einem gerüttelt Maß an Sturheit klären die zwei gegensätzlichen Kommissare einen wahrlich perfiden, äußerst raffiniert eingefädelten Mord, dessen Motiv weit in der Vergangenheit liegt.« *Münchner Merkur*